阪急電車

はんきゅうでんしゃ

有川浩

Asma——譯

HANKYU DENSH

阪急鐵路中，往梅田方向的寶塚線，以及與神戶線會合的今津線，兩條線路正好相交成一個「人」字型，阪急寶塚車站正位於這個「人」字的正中間，乘客們亦可以從這裡轉乘JR寶塚線。而位於山間的阪急寶塚車站的週邊，雖稱不上大都會，但由於背負了銜接三條鐵路的重任，也算是個舉足輕重的交通要點。

「阪急鐵路」在關西一帶，算是規模相當龐大的民營鐵路集團。醒目的深紅色車身與復古的內裝，不光是受到廣大鐵路迷歡迎，其可愛的外型，也在年輕女性乘客間深獲好評。就連從外地來的女性觀光客，也常對阪急電車那極具個性的風格發出驚嘆。

而在阪急鐵路各線中，知名度絕對說不上高的這條——「今津線」，就是我們故事的主角。

目錄

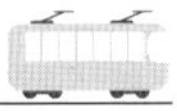

接著，列車折返……

◀往西宮北口方向

寶塚站

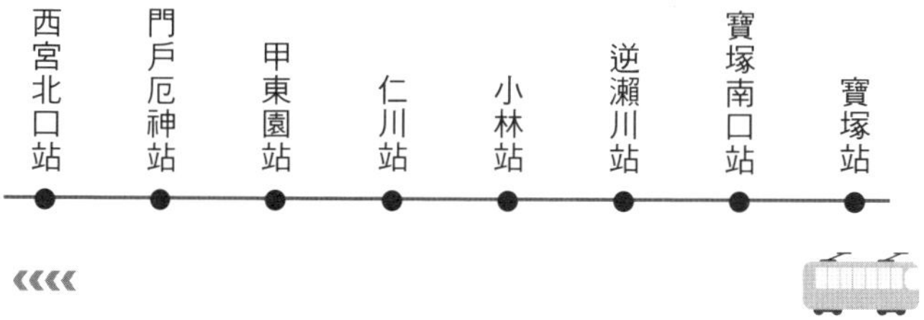

獨自坐上電車的人，大多掛著一張毫無表情的臉，視線通常落在車外的景色，或是掛在車廂內的廣告海報上。就算沒在看這些東西，也一定會刻意避免與其他乘客目光交集。再不然，就是聽音樂、看書、或是用手機殺時間。

因此若是車廂內有一個人，不但沒在刻意打發時間，而且還表情豐富，一定會顯得格外醒目。

這天，從寶塚站開始就坐在身旁的女性，征志對她並不陌生。

寶塚中央圖書館位在從今津線的寶塚車站換車，僅一站距離的清荒神車站。出社會已邁入第五個年頭的征志，每隔兩個禮拜就會去一趟這間圖書館。除了本來就喜歡看書，因為工作上的需要也偶爾會來這裡查資料。反正也沒有女朋友，要是沒特別和哥兒們約了出遊，假日也沒其他地方好去。

圖書館跑得這麼勤，不只是館員大多成了熟面孔，不知不覺間也記下了幾位圖書館使用者的長相。

像是「啊……那個囉唆的阿公又在給圖書館員找碴了……」之類的。

之所以會注意到那位有著漂亮長髮的女生，是因為有一回借書時，搶書沒搶贏她。

喜歡的作家在一個月前剛出了新書，一發現這本書在架上出現，心中還在竊喜自己運氣不壞，然而就在剛伸出手去拿的時候……書居然就被旁邊的人給取走了！

氣沖沖地轉頭一看，卻發現這位橫刀奪書的不但是一位年輕女生，這女生還正好是自己喜歡的典型。本來還想抱怨幾句的，當場氣勢就軟下來了。男人在這種時候註定是弱者呀。

女生似乎並沒有發現自己搶了征志的獵物（也就是說，對方打從一開始眼中就只有那本書），將「戰利品」輕輕扣在懷裡。征志看她似乎並沒有放下這本書的打算，跟在她身旁幾分鐘以後也就放棄了。

當時她拿的，是印著「世界知名老鼠」圖案的帆布包，這包包對她來說多少顯得有些孩子氣，不過從外觀就看得出來，這應該是她最結實耐用的一個包包吧。若是拿一般的名牌包來塞這一大落數量接近圖書借閱上限的書，多半沒多久就會給塞壞了。

這麼說來，她應該也是這間圖書館的常客吧？

正如他所猜的，征志已經算跑圖書館跑得相當勤了，而在館內發現她的次數毫無疑問地占了大多數。用以辨認的，就是那個印著大老鼠，開著的袋口彷彿正裂嘴在笑的帆布包。雖然不甘心，但由於對方實在是自己喜歡的類型，沒多久就養成了一進圖書館就開始找尋她身影的習慣。

畢竟曾經在搶書時敗在她手下，對征志來說，她是自己的「對手」。所以每當發現她的身影，征志總會搶先繞到醒目的書架區挑書。

觀察之後發現，她喜歡的作家及作品，與自己的興趣似乎十分接近。

幾回留意她抱在懷裡的書，發現就算她挑的是自己沒看過的作品，也會覺得「嗯……這本書應該不錯看」而想著等她還書以後再來借吧，但是心底的自尊又不容許自己把她借的作品一一做下筆記，結果就是：最後總把那些書名忘得乾乾淨淨。

征志從未在圖書館以外的地方看到過她，像今天這樣在電車上巧遇，還是頭一回。

在清荒神站往寶塚站方向，征志與她同在第一節車廂。印著大老鼠的帆布包今天也被撐得飽飽的，不過惦惦自己肩上也被塞得沉甸甸的皮背包，實在也沒什麼立場說別人就是了。

只有征志單方面地意識到對方的存在。

到了終點寶塚車站，乘客有三個選項。一個是直接在寶塚車站出站，或是轉搭JR線，再不然就是走到呈「人」字的車站中，從另一側的位置轉搭從寶塚出發，往西宮北口站（一般都被稱作「西北」）的列車。

「該不會是要去坐往西北行的車吧……」征志才這麼想著，女生已經開始留意對面月台的動靜了。

果不其然，電車一靠站，她就匆匆忙忙地往對面月台的電車跑去。因為這天是假日，仁川的阪神賽馬場有比賽，所以往返梅田—寶塚以及西宮北口—寶塚的四條線路常常併用，而轉車的時間也會變得非常緊。

「不會吧，還真的跟我搭同一條線喔！」

心底沒來由地冒起一陣不耐，因為知道自己一定會忍不住去注意她的存在，征志刻意走進了和她不同的車廂。

征志走進的車廂，空著的座位只剩下兩三成，有不少乘客站著。借來的書也壓得肩膀鑾沉的，於是征志便找了一個空著的位子坐下。

就在這個時候，連接隔壁車廂的門被拉開了，走進來的，正是那個女生。隨著列車行進，女生一邊踩著有些搖晃的步伐，一邊不經意地找尋空著的座位。

除了征志左側的位子以外，其實還有其他幾個空著的座位，但女生毫不猶豫地坐上了離自己最近，也就是征志身旁的位置。

接連的巧合讓征志心浮氣躁了起來，畢竟「認知到對方存在」的，僅他自己一個人而已。

征志不想一直把注意力放在她身上，趕緊隨手抽出今天借的書來讀。

但還沒讀幾行字，身旁的她突然做出了引起征志注意的動作：抱著大腿上塞滿書的大老鼠包包，上半身卻轉向了身後的車窗。由於是轉向自己的方向，征志就算不刻意看，也瞄得到對方的表情。

女生顯得很興奮，笑容中彷彿正期待著什麼似的，直盯著高架橋下的景色。

「她在盯著什麼看啊？」被勾起了好奇心的征志也忍不住往橋下望去，這時的電車正經過橫跨武庫川的鐵橋……

「咦？」

眼中的奇景令征志忍不住發出聲來，就在鐵橋靠近對岸處，河川的沙洲上竟然被寫了個字──

「生」

這個字幾乎被大大地寫滿了整個沙洲……或者應該說是「堆滿」了整個沙洲，因為這個「生」字是用石頭給堆成的立體作品。

不但面積龐大，而且造型四平八穩。

「很不得了吧？」

一直到電車開過了鐵橋，征志才意識到她是在對自己說話，回頭再看一眼，儘管距離已經遠了，從此處的這個角度，依然可以清清楚楚地看出「生」這個大字。

征志還沒來得及回話，女生又接著說了下去。

「從我發現這個字到現在，已經過了差不多一個月了耶！很不得了，對吧？」

征志心裡想著，發現這玩意兒的妳才更是不得了呢，竟然會鬧到去盯著沒人注意的河床，然後還給妳逮到這個大規模的惡搞作品（？）。雖然是個沒啥了不得的發現，不過實在很不簡單。

「你覺得它什麼地方不得了？」

「……我看該說是造型吧。每一筆都沒走歪走斜，而且整個字堆起來的高度也整齊劃一，彷彿是用機器堆出來的，如果是惡搞的話，那個惡搞的傢伙還真是有毅力。」

「我啊，覺得最厲害的是它選字的感性。」

她愈講愈高興。

「『生』是全部用直線所構成的字，所以很好做，而且只要看一眼衝擊性就很大。我第一次發現它的時候，就突然間超想喝生啤酒呢。」

「是『生啤酒』的『生』嗎？我還以為是『生死』的『生』呢。」

「對喔，也有可能是『生死』的『生』，不知道作者在做它的時候想的是哪一個。」

「妳要是在意的話可以去問問看市公所的人啊，搞不好是什麼河川工程的準備也說不定。」

「啊，我不喜歡這樣。」

她突然撇起嘴來搖頭。

「要是市公所的人真的說這是河川工程的準備，或是說，因為這是民眾的惡搞，所以要把這字給撤除掉……如果是這種很現實的答案豈不是太可惜了嗎？我希望這個大字就只是一個很單純的玩笑，像這樣既有衝擊性，而且又不會給任何人製造困擾的惡搞很不多見呢。我寧可永遠不去弄清楚它真正的意義，希望這大字能夠一直在那邊。」

聽了她的觀點之後，征志也不禁有了同感。

或許根本不會有人發現，也或許真有人會注意，做了就做了，也沒必要去在意結果的惡搞。要是這個城市裡真住著一個這樣的人，想想也讓人覺得蠻有意思的。

「……這個『生』要是『生啤酒』的『生』就好了。」

聽到征志喃喃自語，她歪過頭來等征志繼續說下去。

「若是『生死』的『生』的話，無論怎麼樣都會讓人聯想到『生存』啦、『生死』……之類的字眼不是嗎？要是這樣的話，多半就不會是什麼單純的玩笑，而是創作者在嘗試傳達某種訊息……像是祈願之類的。」

原本很開心的她，聽征志說完後表情很明顯沉了下來。

「糟糕，講錯話了……」征志突然對自己說的話後悔起來。

難得發現了新鮮有趣的東西，征志實在不希望自己在她興頭上澆下冷水。儘管過去曾經在借書時搶輸給她。

「你說的也對……這不一定是無意義的惡搞。或許是因為身邊有誰體弱多病，他的家人為了祈願而特地做了這個字也說不定。」

「沒……沒這回事啦！」

感到後悔的征志開始硬轉。

「仔細想想，這條鐵路沿線，神啊佛的幾乎多到滿出來耶！」

靠寶塚線這一側，向來被稱為「巡禮街道」，是相當有歷史的老街，從寶塚站往下三個站，每站都有一個當地代表的神社寺院。離寶塚中央圖書館最近的清荒神站，站名就是取自位於山邊的清荒神寺。下一站雖然不是那麼出名，但是那裡的賣布神社也十分受到在地人的支持。而再過去的中山寺，則在當地有著絕大的勢力。

最後，若是乘上今津線往西北行的電車，西北的前一站「門戶厄神」更是香火不絕。

無論你是希望闔家平安、早日康復，還是金榜題名、安產祈願，想求什麼就應什麼。

「與其花腦筋時間自己去搞個奇奇怪怪的大字來許願，直接到廟裡或神社拜拜要來得快多了！地方多到隨他挑哩！」

「是嗎？」

「而且啊，若是要談可能性的話，什麼都有可能不是嗎？鬧著玩的惡搞或是正經八百的祈願當然都有可能，反過來說，搞不好是什麼詛咒也說不定。」

「詛咒！」

她完全被這個話題勾住了。

「你怎麼會有這種想法？」

「妳想想看嘛，如果這個字是『生死』的『生』，而將『生』給寫在河川的沙洲上，是不是可以解釋為『生』讓河流給沖走了呢？神祕學派或是恐怖片不是很愛搞這一套嗎？比方說迷上了新興宗教的學生小鬼頭，就很有可能會幹這種事。」

「哇！我完全沒想到這種可能性耶。」

她看起來很不甘心的樣子，兩手緊緊抱著頭。

「我發現它都已經過了一個月說，沒有想到會在這上面輸給一個今天才看見的人！」

「……沒想到妳還蠻好強的哩！」

「我一開始就當它只是不知道誰惡搞的一個大玩笑。之後也完全沒再去想什麼其他的可能性。」

雖然曾經在借書爭奪戰上敗給她，不過這女生人還不壞嘛！

在河中央的沙洲上發現了一個意義不明的大字，她選擇了一個最快樂、最無害的解釋，並且無條件地這麼持續相信著，所帶來的影響也就是會突然想喝生啤酒而已。

車廂內的廣播聲傳出下一站逆瀨川的訊息，看來在不知不覺間，電車已經經過寶塚南口站了。

「啊，我得在這裡下車。」

她輕輕說道。

「逆瀨川啊，我之前也好想住在這裡的說。當初搬家的時候，我一開始就從這裡找起，可惜找不到房子。」

會突然說出這段毫無關聯的話，或許是因為征志還想聽這女生多講幾句吧。

「咦？不會吧，我一下子就在車站旁邊找到房子了耶。」

「逆瀨川不是離寶塚劇場很近嗎？那些寶塚迷都想住在這一帶呀。我請仲介幫我找房子，結果找到的不是只限女性，就是那種給一家子住的大屋子。」

「是喔，真沒想到。市公所就在附近，這一帶真的很方便呢。」

電車開始減速，她也從位子上站了起來。

「拜！」征志舉起手跟她道別，她也回過頭來揮了揮手。

「為了支持妳的理論，今天回去路上我會去買生啤酒，還是妳的推測讓人最開心嘛。」

聽了這句話，她在車門邊轉過頭來笑著對征志說：

「下回碰面的時候，一起去喝一杯吧？比起罐裝啤酒，我比較喜歡用啤酒杯來乾。」

啥？下回？我又不知道妳的聯絡方式……征志愣了一下。

對她而言，我應該只是個陌生人啊？只不過碰巧看見了一個她鍾意的惡搞景象，並且就著這個話題閒扯了一陣子而已。

「中央圖書館啊，你不是也常去嗎？所以說下次碰面的時候嘛！」

就在征志傻眼的同時，電車也停下來了。她輕快地跨出車門走進月台。

掛著那彷彿張嘴笑開的老鼠圖案包包，女生並非走向電扶梯，而是沿著樓梯離開月台。

看著她被肩上的書拖累得略顯搖晃的背影，征志不禁伸手摀住張大的嘴巴。

對方也早就注意到自己了。才想到這裡，整張臉就紅到了耳後根。

下回碰面的時候？

今天是週六，一整天本來就沒什麼計畫，現在也才下午。

原本以為只有自己知道與對方的不定期會面。

什麼時候，在哪裡？

自己究竟是因為什麼原因被對方鎖定的呢？一瞬之間，自己突然有一股衝出去的衝動。

要乾杯，當然應該今天乾！

站起身來跳出月台的征志往上一望，滿臉笑容的老鼠還沒上到樓梯的一半，征志兩階併作一階地往那條長長的樓梯飛奔而去。

寶塚南口站

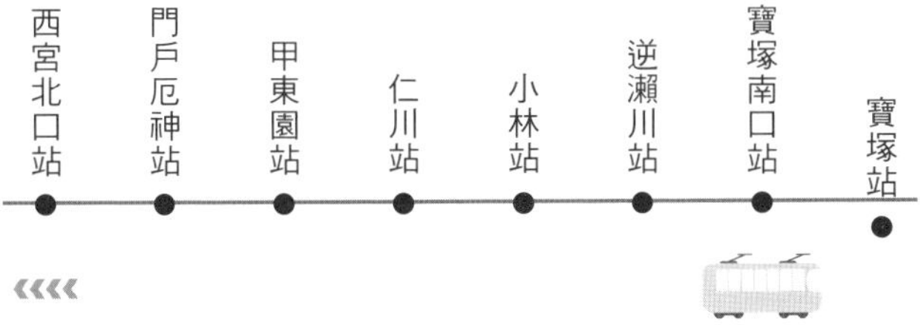
西宮北口站
門戶厄神站
甲東園站
仁川站
小林站
逆瀨川站
寶塚南口站
寶塚站

著。

究竟什麼時候才會再開發呢？寶塚南口站像是被遺忘了似的，寂寞地靜靜等待著。

寶塚站、與寶塚相隔兩站的逆瀨川站，以及所有其他沿線的車站，大多隨著日常生活而持續在發展，然而寶塚南口卻硬是被這股時代的潮流排除在外。

幾年前，這裡也曾經新建一間兩層樓的購物中心，雖然零零散散的店家根本塞不滿整個購物中心，佔地以及整體規模也還算龐大。然而才開幕沒多久，開發計畫就被中斷，原本數量就不多的加盟店一旦撤光了，購物中心就被晾在那裡再也沒有進展。

唯一可以說是當地名所的，大概就是寶塚大飯店了。對於寶塚戲迷來說，這間飯店不但維持著特別的風格，而且有相當高的機率可以在裡面見到寶塚的大明星。

翔子在這一站坐上了往西北方向運行的電車，腳下高跟鞋所踩出的腳步聲堅硬到像是帶著威嚇的氣勢。車廂內雖然稱不上擁擠，但是位子大多被坐滿了。一身白色小禮服的翔子選擇了車門旁的一角站定。若硬去搶一個原本就不寬敞的座位，或許會為身上這件高價的洋裝增添不必要的皺摺吧。

隨手往地上一擺的結婚禮品紙袋，上面印著寶塚大飯店的標誌，翔子似乎毫不介意裡面裝的有可能是易碎物品。確實，若去參加的是一個能讓自己高高興興帶著紀念品回家的婚禮，也不可能會像現在這樣穿得一身純白。

翔子絕對忘不了，當新娘看到這一身如婚紗般醒目的純白洋裝時那張臉。翔子決定將那面容深深烙印在心裡。

白色是屬於新娘的顏色，來賓絕對不可以穿著白色的洋裝出席。這是參加結婚喜宴禮節基本中的最基本。而翔子不只是一身白色洋裝，連盤起的頭髮上，都插上了純白的髮髻。也因為如此，翔子從在接待處簽名起，就不停地受到周圍的白眼。

「穿著一身白衣被白眼，這可不是名正言順嗎？」回想起現場的光景，翔子不禁自嘲起來，嘴角也忍不住微微上揚。

沒有想到會被妳給擺上這麼一道。

進入同一家公司已經第五年了，與新郎交往，應該是從進公司半年左右開始的吧。兩人在辦公室裡早已是公認的一對，到了第三年，所有同事都覺得翔子與新郎應該不久後就會結婚了。

和新娘則是同期進公司的朋友。當然，「朋友」這層關係已經是過去式，至於究竟是從何時開始變成過去式的，對翔子來說可就不得而知了。

與翔子亮麗的外表與海派的性格不同，新娘在公司只是個一般毫不顯眼的粉領族。

由於新人研修的時候被分在同一組，對方就這麼主動與自己走近了。翔子原本就不怕生，當她在公司逐漸建立起人脈時，不知不覺間，新娘就這麼理所當然地出現在翔子的交友圈裡了。

新娘不在場時，翔子也常常被周圍同事問道：「妳為什麼會跟她交朋友啊！感覺完全不像是同一型的呢……」

其實翔子自己也搞不太清楚，只記得在研修期間對方靜靜乖乖的，自己似乎幫了她不少忙，之後她就不知不覺向自己靠過來了。在一起也沒什麼不愉快，雖然工作效率稱不上多高，但也不至於慢到絆手絆腳的程度，所以就這樣自然而然交往了下來。雖然翔子並沒有特別意識到，但是新娘總是在翔子身邊。

和新郎開始交往沒多久的時候，大概是從哪裡聽到這個小道消息吧，新娘專程跑來問翔子：「妳和○○開始交往了嗎？」

「嗯，是啊。」

翔子本來也沒打算大肆宣揚自己的私生活，所以也就這麼淡淡回答。

「妳怎麼都不告訴我？」

新娘帶著一點譴責的語氣說道：

「我們難道不是朋友嗎？」

聽到這個說法的一瞬間，真的只是一瞬之間，翔子心中出現了「這女人怎麼那麼煩啊！」的聲音。

回頭想想，或許從那個時候就應該開始跟她保持距離也說不定。不過，因為不想在職場中製造不必要的麻煩，當時翔子並沒有做出這樣的選擇。

「要是那個時候……」這種對現實毫無影響的思考模式沒有任何意義，翔子決定不去多想了。

「詛咒！」

就在離自己不遠的位子，突然傳出女生有些驚訝的聲音。聽到這麼大聲而且這麼刺耳的兩個字，翔子忍不住回頭望去，原來是坐在座位上的一對男女，雖然兩人都穿著休閒服，不過一看就知道是社會人士。

「你怎麼會有這種想法？」

「妳想想看嘛，如果這個字是『生死』的『生』……」

雖然女方似乎興致勃勃地被這個話題吸引住，不過男方看來比較有意識到周圍的目光，不露痕跡地壓低了自己的音量，試圖讓女生的情緒安定下來。這一招相當管用，此刻從翔子的位置已經聽不到兩人講話的聲音了。

「詛咒是吧……」

翔子忍不住「噗」的笑出聲來。

我們之間，或許也是在彼此相互的詛咒也說不定。

而這身白色洋裝，正是為了完成詛咒儀式所需要的裝束。

和他交往到了第五年，兩人之間針對結婚的話題漸漸也多了起來。也多少都因為婚前症候群而有些不安定，口角、不愉快的次數也多了起來。

「這種事情只是一時的啦，再忍耐一下，撐到結婚典禮就沒事了。」已婚的朋友們都這麼說，翔子也如此深信不疑。

但是，這個理論要在「患上婚前症候群的時候，周圍並沒有敵人趁虛而入。」的前提下，才有可能成立。

他本來就不善說謊，一旦在外偷吃，光靠女人的第六感就看得出來。畢竟兩個人都處在不安定的時期，翔子想著，要是對方好好跟自己自首的話，就原諒他這一次算了。

然而，當被約出來談的翔子走進店裡，看到坐在他身旁的乖乖女時，真的是嚇到說不出話來。

——竟然是妳！

「我們分手吧。」

為什麼會是自己被對方宣告這句話？翔子更是覺得莫名其妙。

「這是怎麼一回事？」

翔子刻意不去問他，而將問句吐向乖乖女，而她卻像隻受驚的小動物般，依靠到了男人的身邊。

男人靜靜地將一本粉紅色的小冊子推到桌前，是寫著乖乖女名字的母子健康手冊。

這下才是真的傻眼了……

「你竟然……在婚禮的準備期間跟別人搞上也就算了，竟然還不帶套！」

翔子已經氣到沒有餘力選字挑句了，而聽到這句赤裸裸的指控，女方開始哭著為男人辯護。

「對不起！都是我的錯。是我說沒關係的，我跟他說要是有了萬一，我會自己打掉，絕對不會給他帶來困擾的。」

然後這笨蛋就信以為真了？

情緒就在這一瞬間冷靜了下來，這個和自己交往的男人、已經到了論及婚嫁的男人竟然又笨又膚淺到這種程度。

「所以你就乖乖不帶套作了，反正要是中標她也會自己墮胎，自己也沒差是吧。

你知不知道自己爛到什麼程度？」

真是夠了，店裡一堆客人很明顯地都對著我們這桌豎起了耳朵，和這個沒品的笨蛋坐在同一桌簡直就是恥辱。

「那妳呢？」

乖乖女低下了頭，邊掉眼淚邊說了下去。儘管身為女人的翔子一看就知道對方是在假哭。

「然而當發現自己懷了他的孩子，實在是……從進公司開始我就一直喜歡他……我說，就算不被承認也無所謂，我決定一個人把孩子生下來，獨自扶養他……」

胡扯！要真是這麼想的話，妳啥也不會說，早就自己一個人消失了。一開始就知道對方會心軟吃這套，才刻意編出這麼一齣劇本演給他看吧！

是該慶幸這傢伙爛歸爛，至少還是個懂得心軟的男人嗎？

「妳一直都很堅強，就算是一個人也可以過得很好。」

少跟我扯這種比廉價的演歌歌詞還低級的狡辯。要是我一個人也可以過得很好，為什麼會跟你交往五年？為什麼會想要改善兩人的關係，嘗試克服彼此的婚前症候群？

「然而她不但懷了身孕，又是那種賢妻良母的內向性格，在知道她懷了我的孩子之後，我實在沒法裝作什麼都不知道，就這樣去和妳結婚啊！」

你還真不是普通好騙，這女人一邊昭告天下說是我的好朋友，一邊用肉體把你給釣走。這種女人會「個性內向」？會是個「賢妻良母」？

「而且妳在我面前幾乎都不太掉眼淚。妳看她哭成這個樣子，而妳在這種時候也只知道一味地生氣、責難，要是妳也能更有一點女人味……」

「建議你別把這句話說完，這不但只會讓你爛上加爛，還會讓你現在的女朋友也瞧不起你。」

被翔子提醒之後自己也發現不對，男人趕緊把嘴閉上。

要是妳也能更有一點女人味，我就會要她去墮胎，選擇和妳結婚了。

夠了。

「要我乖乖跟你分手也行，只不過必須要答應我一個條件。要是不答應，我就去告你不履行婚約。」

兩人不但已經交往了五年，而且從幾個月前就開始在準備結婚的種種事宜了。翔子很清楚他的經濟狀況，知道他在奉子成婚的狀態下，絕對無力負擔賠償金。

兩個人不約而同嚥下一口口水，靜靜等著翔子宣告。

「邀請我參加婚禮。」

這女人生性浪漫，無論規模大小，一定會想辦法舉行婚禮。聽到這個條件，乖乖女才真的露出了要哭出來的表情，相較之下馬上就看得出來剛剛的眼淚有多假。

透過各個部門的人脈，翔子得知那兩個人在公司各部門報告結婚消息時，各主管都露出一副難以置信的表情。然而也透過相同的人脈，全公司都知道是男方搞大了乖乖女的肚子，所以甩了翔子與乖乖女結婚。

翔子只要持續掛著悲壯的神情，在辦公室處理每天的業務就好，然而男方在公司的評價卻是一落千丈。翔子在公司裡原本就是能幹的員工，上司們也就自然而然站到了翔子這一邊。

為了種種自身的利益刻意貼近，像寄生蟲般黏在自己身邊的女人，最後竟然無恥到把自己的未婚夫給搶走。然後未婚夫竟然也就這樣乖乖被搶了。

別以為事情會就這麼完了！

兩人對公司的說詞，是告訴大家「婚禮只邀請了少數雙方的親人」。聽說男方也受到不少上司「我一直很期待參加你的婚禮哪，只不過你對象似乎挑錯人了。」這類露骨的嘲諷。

終於到了這一天。

婚禮規模不大，雙方只邀請了親戚、以及各自的友人。而翔子則被安排到「新娘好友」這一桌。

翔子那一身幾乎可被當成樸素婚紗來穿的純白洋裝，從她走到簽到處開始就刺眼得不得了。參加這場婚禮的來賓，翔子沒有一個認識。新郎與翔子間當然有不少共通的朋友，然而，為了避免種種尷尬，新郎只邀請了部份沒有與翔子見過面的不熟的朋友。對於這些「不熟的朋友」而言，今天這張紅色炸彈也算得上是飛來的橫禍。

而被稱作「新娘好友」的那一群人，似乎與新娘也不是十分親密。在公司裡像寄生蟲似地混在各個圈子裡，想必她學生時代的人際關係也是用同一招建立起來的吧？

「妳穿的洋裝好誇張喔！」

面對這樣充滿好奇心的問句，翔子只是微微一笑。

「身為一個未婚夫被人搶上床，還把對方肚子給搞大的新郎『前女友』，這點程度的挖苦應該還在容許範圍以內吧？」

聽完這個驚爆的理由，一瞬間整桌的氣氛都熱絡了起來，看來這一桌的女生也並沒把新娘當成是「好友」嘛！

當新郎新娘入場，開始和每一桌的來賓打招呼時，翔子第一次這麼深刻地感謝父母將自己生為美女。

儘管經過婚紗公司專業的化妝技術修飾，相較之下依然是翔子顯得亮眼。再加上她身上罩的一身純白，任誰都會自然地將目光飄向不是新娘的這一方。

看到翔子的那一瞬間，新娘的臉像是抽了筋一般，狠狠轉頭望向新郎時的那張臉，也彷彿厲鬼般猙獰。而翔子也在那個瞬間感覺到了新郎投來的目光。

而新郎呢，的的確確在那個片刻望向了翔子，望向那個「若不是中了身旁新娘的詭計，此刻應是自己的伴侶。」的女人。

「祝二位白頭偕老。」

翔子淡淡地吐出祝福的同時，同桌的女生們也同時以另有含意的語氣喊著：「恭喜兩位！」

當攝影師準備要拍下新郎新娘與這一桌的合照時，新娘幾乎可說是尖叫道：

「放下相機！這一桌不用拍！」

「好過份！」「我們做了什麼嗎？」「專程來參加妳的婚禮呢！」同桌的女生紛紛表達不滿。

不管是她們本來就這麼沒品也好，還是在聽了內情之後站到了自己這一邊，對翔子來說一點也不重要，就結果而言，這一桌的女生們已經成功地幫自己多戳了新娘好幾刀。

反正翔子早就決定，今天要在這兩人面前徹底扮演一個沒品的女人。

此刻司儀正在向來賓們說明，由於新娘的母親當年就是在這裡舉行結婚典禮，因此新娘也才會堅持要在寶塚大飯店與新郎步向紅毯。「想拿這些個美談自我陶醉嗎？別做夢了！」翔子今天總算是替自己出了一口氣。

就在會場燈光轉暗，開始放幻燈片的時候，飯店的經理趁黑悄悄走近翔子身邊，誠惶誠恐地遞給翔子一件黑色的披肩。

「實在是萬分過意不去，由於新娘認為，客人您今天的衣著實在太過亮眼，無論如何希望委屈您披上這件披肩。」

「我明白了。」

該是抽身的時候了，翔子靜靜的站起身來。

「很抱歉在婚禮途中退席，我要回去了，是不是可以麻煩你帶我出去？」

專業的經理也不多問，二話不說馬上帶翔子走向出口。真不愧是一流飯店。

在黑暗中走出會場之後，經理將結婚禮品的袋子遞給翔子。本來是不想收下的，但是經理不斷向翔子低頭拜託。

「要是沒讓每一位貴賓都帶一件回去，我們是會被處分的，請您無論如何一定要收下。」

在飯店做這一行這麼久了，相信對方多少也看得出是怎麼回事。儘管如此也還是這麼深切拜託自己收下，再拒絕下去似乎也說不太過去，無可奈何地接過禮品，翔子走出了飯店。

車廂內響起了即將抵達逆瀨川站的廣播，剛才那一對情侶中的女方站了起來……

「下回碰面的時候，一起去喝一杯吧？比起罐裝啤酒，我比較喜歡用啤酒杯來乾。」

男生露出了驚訝的表情。

「中央圖書館啊，你不是也常去嗎？所以說下次碰面的時候嘛！」

說完這句話的女生，輕快地走出電車。

看得出男生內心迷惘了零點幾秒鐘，然而他也在下一個瞬間跳出月台，衝上樓梯往女生追去。

原來並不是一對情侶。

「真要命……」翔子小小聲的自言自語道。

現在的自己，實在不願意去目擊一場戀曲的開始。

此時此刻的翔子，正陷在詛咒那對新人不幸的泥沼之中。儘管新郎在公司的評價已經大打折扣，但是在這麼不景氣的時候也不可能轉職。新娘想來也沒那個本錢馬上辭職，而她在公司已經開始被女同事排擠了。

雖然俗話說，流言蜚語不會超過七十五天，然而被他們兩人摧殘得遍體鱗傷的自己，只要待在這家公司一天，流言就絕對沒有風化的時候。

誰要辭職啊！為了不讓你們兩個有好日子過，我絕對不辭職！翔子自己也很明白，這樣的決定是建立在病態的復仇心之上，然而此時此刻的她，實在是聽不進什麼「仇恨與報復不會帶來任何改變」之類的大道理。

只有一件事情很清楚，那就是「要是先辭職就輸了」，至少在新娘開始請產假之前絕對不能辭。（不過照新娘的個性，多半會在產假休完之後就順勢辭職了吧。）

一對找著空位子的老太太與小女孩，從隔壁車廂走了進來。看見翔子的小女孩，很高興地指著翔子高聲喊道：「新娘子！」

就在那一瞬間，眼淚毫無徵兆地滑下了臉龐。

對啊，我是想要當新娘子的，在紅毯上走向一起共度了五年歲月的他。這並不是一段建立在惰性與妥協上的感情啊！如同剛才衝出電車的男生，以及那個被追的女生。雖然自己的他也有些靠不住，但是翔子就是喜歡那個溫柔的男人。儘管在準備種種結婚事宜的時候，那個靠不住的傢伙把心飄向了其他女人，然而翔子一直堅信著，所謂的婚前症候群只是一個過度期。

至少，翔子實在不希望這段感情，是在一個耍心機的狡猾女人手上幻滅的。

新娘不只是搶走了她的男人，更等於將翔子與他這五年間的親密關係，無情地踩在腳底踐踏。

「這樣的男人妳要就拿去吧！」翔子不得不這麼說，因為已經被踩得殘破不堪了。

小妹妹，我並不是新娘子喔。
穿著這身如婚紗般的白衣，我正深深地在詛咒那兩個人未來的人生呢。

逆瀨川站

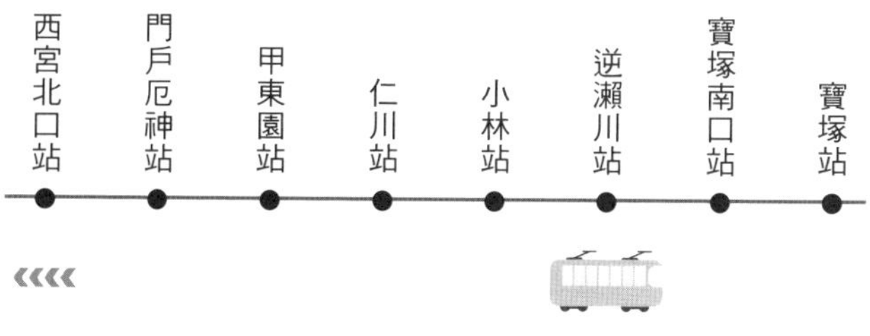

唉呀唉呀！這對小情侶還真是可愛。

滿面笑容的時江，側眼望著站在樓梯間的年輕男女。

長髮女生肩上掛著碩大的包包，上面印著的正是小孫女最喜歡的迪士尼角色。男生應該跟她歲數差不多，似乎費了好大的力氣才吐出話來。

「要喝的話不如今天去喝吧，怎麼樣？妳今天有空嗎？」

看來這男生是一路衝上樓梯追過來的，邊講話還在邊在喘呢！

「啊！不過要是妳有男朋友的話就麻煩了……」

「別擔心。」

女生帶著笑容輕快地回答道：

「我沒有男朋友，和你去喝一杯不會給任何人帶來麻煩。」

「所以說……」

「非常高興接受你的邀請。」

才正被這段初萌芽的戀曲感染到幸福的氣息，就聽到急忙跑下樓梯的孫女向自己喊道：

「奶奶快點快點，電車來囉！」

時江雖上了點年紀，不過還沒老到跑個幾步就得搥腰揉腿的程度。

跟著孫女快步跑進車門，呼地鬆了一口氣。

車廂內並沒有傳出呼籲乘客請勿搶進車門的廣播，看來離電車出站還有個幾秒鐘的餘裕。

「奶奶，還好讓我們給趕上了。」

這孫女就是會動張嘴皮子！但也不好跟小丫頭一般見識，若是自己一個人的話，還不至於需要用「趕」的上電車哩！

兒子跟兒媳婦今天一道出門去看電影，於是照顧孫女的任務就落在自己身上了。像這種日子，最好的計畫就是帶著小傢伙去寶塚的「狗狗樂園」玩。「狗狗樂園」就位在已經閉園的「寶塚全家樂園」舊址。這對喜歡小狗的孫女來說，是再方便不過的遊樂設施了。儘管自家沒有養狗，遊客可以在園區內帶著裡面的狗兒一道散步。而在回家的途中，照例一定會在逆瀨川站下車。孫女最愛跟奶奶去這裡最大的百圓商店（似乎是因為在這裡，跟大人央求買這買那比較容易成功），所以總會在這兒買些小東西孝敬孫女。

「今天的那隻狗狗好可愛喔！」

孫女說的是短腿威爾斯柯基犬。時江從沒跟別人說過自己也愛狗，對於分辨狗的品種，事實上比這小孫女精通太多了。

雖然剛剛進來的這節車廂沒地方坐，不過下一節車似乎有空位。於是兩人手牽著手往隔壁的車廂走去。

「奶奶，妳今天也有帶花瓶來嗎？」

「有啊，今天帶的是奶奶的最新作品喔！」

「不過媽媽已經說不想要了耶！」

看來這兒媳婦還搞不清楚小孩子是守不住祕密的。不過，要是她原本就打算藉女兒拐著彎說給我聽，那可真是高招。

「就算妳媽說不要，奶奶也一樣要給。」

兒子夫婦老把時江當成免費保母，幾年前丈夫過世的時候，雖說過要把媽媽接過去一起住，幾年過去了，夫妻倆卻開始裝傻，誰也沒再提起這事。好嘛，既然不歡迎，時江也不想去人家家裡惹人嫌，自己也沒再就這件事情吭過聲。

話雖如此，和兒子一家的關係卻也說不上壞。時江三不五時會去兒子家過夜，兒子一家也常常帶著小孫女上奶奶家玩。

過世的丈夫除了留下一間繳完房貸的屋子，也有一小筆財產。自己要是走了，理所當然地就是繼承給這對夫妻吧，畢竟時江也只有這麼一個獨生子。

幾年之後，或許自己也可能需要有人在旁看護才能過日子，想到這一點時，多多少少也還是會有些不安。不過自己也有加入保險，而且平常也蠻注意飲食運動的。相信任誰到了這把歲數，都會希望時候到了可以乾淨俐落，不給身邊帶來任何困擾地走吧。

既然不用指望和兒子一道住，那就任性一下，給他們留個小麻煩應該也不為過吧？事實上從丈夫過世之後，時江就一直有個打算……

在自己撒手告別以前，無論如何想要養隻狗。

身體還挺健康的，帶著狗兒出門散步一點問題也沒有。常在路上看到比自己年紀還大的老太太帶著小型犬散步，連她們都行，時江沒道理做不來。

萬一時江照顧不動了，反正孫女也喜歡狗，當成財產留給小丫頭也就是了。區區一隻小狗，兒子夫妻應該還不至於養不起吧？

邊想著這事兒邊走進了隔壁車廂，就看到了位穿著全白洋裝，彷彿是從結婚典禮逃出來似的女子站在車門邊。雖然是個大美人，但臉上的表情卻如一柄利劍般冷峻。

喜歡狗狗的小孫女，也正好處於對公主、新娘、蕾絲等事物最敏感的年紀。突然間就指著這位女子喊道：「新娘子！」

突然間，眼淚就從那女子的眼中滑了下來。

任誰都看得出來一定內有隱情。她腳邊裝著婚禮禮品的紙袋，印著的正是寶塚大飯店的標誌。只要是有點常識的成年人，絕不可能會這麼一身雪白去參加人家的婚禮。穿著這身行頭走進喜宴會場，鐵定會被當成腦袋不正常。

更何況這身洋裝，怎麼看價值也不像低於十萬日幣，再加上她既然會因為孫女的一句話而掉淚，顯然是個兼具知性與感性的女孩，不可能會是因為缺乏常識而犯下這種錯。

孫女似乎很喜歡她身上的洋裝，一屁股就在這女子身旁的空位坐了下來。而孫女旁邊的空間已擠不下另一個大人，時江勢必得拉著吊環站在孫女前面。

小丫頭張著一雙大眼睛直盯著人家瞧，處於好奇心最旺盛的年紀，想來破口問出「新娘子為什麼在哭啊？」也只是時間的問題。

既然如此，搶在孫女發問之前，由自己主動向這女子開口，可能還比較不會讓人家尷尬。平常也有教導孫女，大人在講話的時候不可以隨便插嘴。

「成功殺入敵境了嗎？」

女子過了好一陣才發現這句話是對自己說的。

「您在說我嗎？」

「是啊，我在問妳呢。」

對時江而言雖然只是一句率直的問句，不過女子似乎將它解釋為一種責難。

「您一定認為我很沒常識吧，拿著婚禮禮品的女人竟然穿這麼一身白。」

「希望妳別誤會，我一點也沒有要責怪妳的意思。而且真要說的話應該是我才沒常識哩。沒事竟然會去關心一個陌生人殺入敵境的戰果。妳把我當個愛在路旁看熱鬧的老太婆就行了。」

聽了時江的解釋，女子忍不住失笑道：

「說不說得上是成功我也不知道，搞不好那兩個人因為我這麼一鬧而更同仇敵愾也說不定。只不過，每當他們想起自己的結婚典禮時就一定會想起我，光是這樣就夠了。我絕不讓這一天成為他們最幸福的日子。最好是被那兩個人當成一場恨不得早點忘掉的惡夢。」

講到這裡這女子頓了一頓，繼續淡淡地說道：

「我的男人被人家拐上床了，都已經交往到準備結婚了，對方卻在我們因婚前症候群而焦頭爛額的時候趁虛而入。而且不但拐上床，還刻意把肚子都搞大了。我連哭都不知道該去跟誰哭。」

「唉……這種善耍心機的女人從以前就沒少過。也真是苦了妳了。」

「好奇怪……」

女子對時江說道：

「像您這樣的長輩，這種時候不是都該勸些像『不管有什麼深仇大恨，絕不可以去詛咒人家不幸……』之類的話嗎？」

「被人家擺了這麼大一道還要強迫自己不去詛咒人家？別鬧了，我們又不是聖人。趁著自己有行動力的時候，下定決心狠狠地反咬一口回去，心裡還比較舒坦呢！」

時江緩緩將視線飄向車窗外，沿線連綿排著數不清的老房子。

「所謂的詛咒，是要付出相對的覺悟與代價的。想來妳也是抱著不惜自殘的決心在恨著對方吧？若是這樣，那無論外人說什麼大道理妳都不可能聽得進去。更何況，我也沒打算跟妳說教，剛剛不也說了嗎？我只是個路邊看熱鬧的老太婆。」

「……我……我比新娘要美多了。」

若非這層自信，她也不會選擇這樣的手段。

「我明白。」

「當他們來到我坐的這一桌時，新娘回頭看新郎時的表情像惡鬼般猙獰，當時他正望著我。和他在一起這五年，我從來沒打扮得像今天這麼美過……十年之後，當那女人因為家事小孩而忙成黃臉婆時，他最好會想起我。然後一定會開始後悔，當年明明能夠得到我的，就算是度過了同樣的十年，我也一定比他眼前的那個女人要體面得多。女人的人生中最美的時候，就是穿上婚紗的那一刻，然而儘管如此，新娘和我都有這麼大的差距。我要讓他在十年之後，依然為自己這個膚淺的家庭而懊悔。」

表情如利劍般冷峻的她，在將滿腔的恨意揮向對方的同時，利劍也同時刺傷了自己。這段話聽在一般人耳中，或許只會被當成炫耀自己外貌的台詞吧。然而這淡淡的一字一句，都是她從心底咳出的鮮血。

「要說我驕傲自大，或是說我幼稚膚淺都行。只要能詛咒那兩個人，我不介意使上任何手段。我要讓他們『一生一次的良辰吉日』，在我手中化為『一生一次的夢魘』。」

「有個性。」

時江一邊點頭一邊接道：

「話說回來，妳和新郎新娘是在同一間公司嗎？」

「是的。」

「妳就當成路邊看熱鬧的老太婆不負責任的忠告，姑且聽聽就行。」

女子露出疑惑的表情。

「現在的妳，只要盡情地去恨、去詛咒就行了。只要妳待在辦公室一天，我想新郎在公司也很難作人，未來也不容易出人頭地。」

時江刻意不去觸及新娘的部份。依照時江的人生經驗，多半也料得到她請完產假之後應該就不會復職了吧。更何況公司大多是瞭解內情的同事，大概也沒什麼立場回來。儘管有本事把別人的未婚夫搶上床，但那女人的臉皮還沒厚到可以長期忍受來自周遭的白眼。

「不過在妳覺得報復夠了以後，可能的話，還是把現在的工作辭了吧。」

說到這裡，時江也不再明講下去，而女子也只是默默的聽著。聰明的她應該很清楚時江想要對他說什麼。

新郎已經與那個只會依靠旁人的女人結婚了，要是真的將對方未來的人生給毀到絕境，那接下來就換這女子被新郎恨上一生一世。而這才是真的需要背負一輩子的詛咒。

雖然時江並不清楚她與新郎之間的愛曾經深刻到什麼程度，然而對年輕貌美的她而言，這雖是一記重傷，卻並非致命傷。以自己數十年的人生經歷來看，時江是這麼認為的。

「我明白了。」

儘管女子只這麼淡淡地回答，但誠摯的語氣讓時江很清楚，對方並沒有在敷衍自己。

「下一站是小林—小林站—」

車廂傳來即將到下一站的廣播，時江忍不住又多嘴了一句。

「妳臉色看起來不太好，要是沒特別要趕著上哪兒的話，建議妳在小林站下車歇會兒。這個車站很不錯呢。」

兩人在這短短一站距離間的對話，是那麼地率直而深刻。或許也就是因為這剛建立起的信賴關係吧，女子的臉上雖然寫滿了問號，但還是聽從了時江的建議。
「就照您說的吧。」女子向時江點了點頭。
慢慢減速的電車滑進月台，車門打開後，一對年輕情侶搶先走進車廂。兩個人一邊走，一邊毫不掩飾地對車廂內亮到扎眼的純白洋裝投以好奇的目光。
白衣女子剛走上月台沒幾步，小孫女對著她喊道：
「大姊姊，妳忘記東西了！」
女子的肩膀顫了一下，或許她原本打算故意把東西忘在車上吧？她轉過身朝地上的禮品紙袋走去。
拎起紙袋走出車門，並強撐起笑臉對小孫女揮手道別。
「好漂亮的新娘子喔！」
小孫女像是捨不得人家似的，邊望著逐漸遠去的月台邊向奶奶說道。
「人家不是新娘子喔。」
儘管對手還是個小ㄚ頭，該糾正的時候也決不馬虎。或許這也是兒媳婦對婆婆感冒的地方。
「新娘子是不會自己一個人坐電車回家的，而且，她的身邊也沒有新郎，對不對？」
「啊—原來如此！」

白色並不僅僅是屬於新娘的顏色。那件如雪一般亮眼的洋裝，等於是時代劇裡對著樹幹釘草人，或是復仇女子身上所著的白衣啊！

這是一個既涵蓋了祝福，亦能包容詛咒與仇恨的顏色。當然，對小孫女來說瞭解這些還太早了。

「剛才那個女人好誇張喔！」

「嘿啊，超正的說。」

「哎唷，不是這個意思啦！」

果不其然，剛才與女子擦身而過的情侶，開始在對面的車門邊，以一種並不帶著惡意的路人語調討論起剛才所見到的奇景。

「穿著那件幾乎跟結婚禮服有拚的洋裝，手上竟然拿著婚禮的禮品耶！」

「那又怎樣？是那裡有問題？」

「齁——！男生是真的對這種婚喪喜慶的常識一點概念都沒有耶。穿白色去參加人家婚禮超白目的好不好，而且還故意選那麼高級的洋裝，要不是因為有什麼內情，絕對不會狠到那個地步說。」

這女生可真是猜得一點也沒錯，只不過這些話實在是不想給小孫女聽到。然而這丫頭小歸小，女性天生的八卦天線也已經偵測出人家是在說剛才下車的大姊姊了。乍看之下像是乖乖地坐在位子上，兩隻耳朵的注意力卻已經完全轉到了這對情侶的對話上。以她的年紀，多半無法完全理解人家在說什麼，不過這樣讓她一路聽下去，也會讓小丫頭聽出女性許多的委屈與無奈吧？

「亞美。」

一聽到奶奶在叫自己，馬上就把頭抬了起來。正專心聽八卦的小丫頭，多半也知道這些話自己不該聽吧。

「奶奶啊，想要在家裡養隻狗呢，妳覺得怎麼樣啊？」

「哇！真的嗎？」

小孫女抬頭看著奶奶的臉一瞬間就亮了起來，看著她兩顆圓溜溜的大眼睛，顯然那對情侶的對話已經被丟到九霄雲外去了。

丟了就好，那些內容對孫女來說還太早了。

「亞美喜歡黃金獵犬！」

「奶奶年紀已經大了，帶不動那麼大的狗狗呢，得要小一點的狗狗才成。」

「那……像今天的柯基狗狗那種的呢？」

「差不多就像這麼大吧，奶奶是覺得柴犬也不錯呢。」

「啊──！我也喜歡柴犬狗狗！」

基本上只要是狗，小丫頭就統統喜歡。講出的候選名單愈多，就愈是搖擺難以決定。

「更小一點的呢？像是吉娃娃？」

「奶奶是覺得啊，要養的話還是稍為大一點點的比較好。」

既然是一個人住在獨棟的屋子裡，就體力來說大型犬是養不動了，不過還是希望養一隻較有手感的中型犬。

「奶奶妳趕快養，亞美以後天天去幫妳照顧狗狗！」

要是她真的整天往奶奶家跑，兒媳婦大概又會傷腦筋了吧。時江跟孫女東扯西扯的也開始認真起來，開始會列舉一些孫女沒聽過的品種，小傢伙既然不明白，就順便跟她解釋什麼品種是怎樣的狗狗。孫女的腦袋瓜已經完全被養狗的事給塞滿了。

「奶奶既然這麼喜歡狗狗，為什麼之前都沒有養過呢？」

突然被丟了這麼一個問句，時江也開始歪過頭來認真問自己。

為什麼呢？小時候自己家裡也養過好幾隻狗啊，結婚之後住的是獨棟的房子，照理說也沒道理不能養……

「啊——啊啊！我想起來了！」

想起了早被自己忘得一乾二淨的原因時，時江忍不住噗哧地一聲笑了出來。

「因為爺爺拿狗沒辦法啦。」

「咦？」

在那個年頭，戀愛結婚還很稀罕。大多的婚姻都是透過相親，夫妻在結了婚後才開始慢慢培養感情。

某一天，先生很溫柔地問自己：

「下禮拜天我想拜訪妳家，和妳爸媽好好打聲招呼，妳覺得呢？」

沒有任何拒絕的理由，這人不但工作勤奮，個性也十分溫厚篤實，時江也已經打算將下半輩子的人生託付給他了。

到了禮拜天，先生穿著他最好的一件西裝，帶著送給時江的花束與送給雙親的好酒登上門來。

雙親與兄弟是歡迎都來不及，一家子人在玄關就開始熱情接待起來。在鬧哄哄的玄關，只有一個傢伙對這鬧哄哄的氣氛感到不爽。

正忙著與自己家人一一打招呼的先生，突然之間表情一變。

「嗚哇──！」

被這聲哀號嚇到的家人趕緊看看發生了什麼事，當時被拴在玄關狗屋的甲斐犬，正狠狠一口咬在先生的屁股上。

那件最好的西裝就這麼節哀順變了（當然，事後父親也賠償了那件西裝）。由於客廳已經準備好了一桌菜，所以只好委屈先生到後頭房間裡，光著屁股給請來的大夫上軟膏。為此被叫來的大夫還把全家給罵了一頓，說是這種傷家人自己幫著上藥就好了，幹嘛巴巴兒地把醫生給叫出門。別鬧了，什麼家人自己來就好。上門給女兒求婚的準女婿，是有哪個「家人」好意思去給人家的光屁股上藥？要是現在的時江，不管老公的屁股是給咬了還是長痔瘡，上藥時眉頭也不會皺一下。然而在那個時候，兩個人連親個嘴都得費上好大勁兒呢！

求婚的儀式好歹是解決了，不過由於沒法好好坐下，先生當天晚上幾乎完全沒動筷子就回去了。雖然母親把好幾道菜打包硬塞給他帶回去，總而言之那個晚上的氣氛是一塌糊塗。

先生原本也沒特別怕狗，然而卻因為那天的事件，而開始對狗感到恐懼（好歹也是獵犬的後代，甲斐犬的一口是很要命的）。從此之後不管是看到多小的狗，總是「啊」的一聲躲到時江背後。

也因為如此，在夫妻倆住到現在的屋子之後，也是打從一開始就完全沒出現過「養狗」這樣的念頭。

就在先生過世之後這幾年，時江突然強烈地想要養起狗來，看來這就是最大的主要原因。

因為跟妻子家人求婚那天屁股給狠狠咬了一記，之後就算是碰到吉娃娃也會怕到忍不住喊出聲來。隨著兒子慢慢長大，老爹的這個弱點不知道被他拿來取笑多少次了。而自己也在不知不覺，養成先去留意前面的路有沒有狗，要是有的話就若無其事帶著老公繞遠路的習慣。亡夫的祕密與這許多的回憶，時江是打算一路帶進棺材的。

老伴兒，對不起啊！

要是我養了狗，每年中元節或是家裡作法事的時候，你是不是會不敢進家門了呢？別擔心，你都成了幽靈了，該是狗要來怕你才對。中元節的時候，我會記得把狗關到籠子裡的。要是這樣你還不放心，就乾脆坐到我頭頂上也行啊！

我絕對不會挑甲斐犬的，你放心吧。

小林站

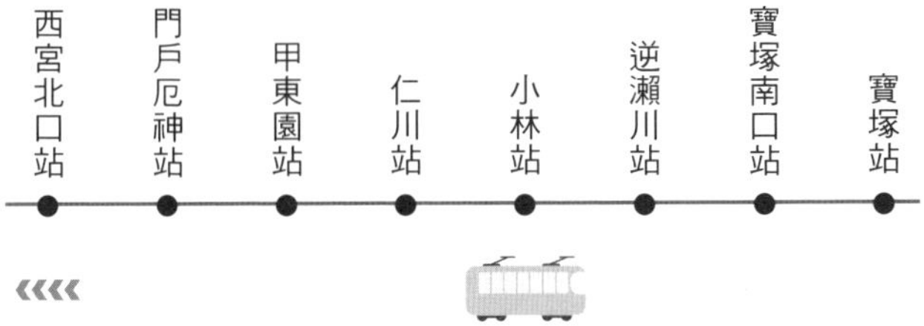

「不錯的車站」指的是什麼樣的車站呢？

翔子聽老太太的建議下了車後，環視了一下月台周圍。

總而言之，先去月台角落的候車室瞧瞧吧。被玻璃隔起來的小房間內，圍了一圈粉紅與藍色的硬板凳，外觀上實在看不出來有花什麼心思。這簡陋的候車室夏天應該會開空調，然而其他的季節多半也就只能用來擋擋風吧，一旦下起雨來，想必還會積上不少濕氣。

洗手間有打掃過的痕跡，但也說不上特別乾淨，一旁的自動販賣機，賣的飲料也沒什麼特色。

翔子歪了歪頭，朝剪票口走去。

就在這時候，穿著燕尾服的小東西咻地一聲飛進了車站，在同一個瞬間，翔子的上方突然傳出大量吱吱喳喳的鳥叫聲。

抬頭望向屋簷下方的燕子巢，擠到快滿出來的幼鳥，一個個都探了大半個身子出來。

鳥媽媽將嘴上銜的食物塞給了其中一隻小傢伙，馬上又慌慌忙忙地轉身飛走，才飛走沒多久，這下換對面的方向傳來另一陣吱吱喳喳了。回頭看去果然又是一窩。仔細數了一下，在這站裡總共築了三個燕子窩。站著瞧了一會兒，來來去去的鳥媽媽與幼鳥們的大合唱幾乎沒有斷過。

三個鳥巢底下都裝設了保護臺。一看就知道是外行人釘上去的。而就在進了剪票口沒幾步的地方，貼著一行手寫的大字條。

「今年也來叨擾囉，眞不好意思給各位添麻煩了。在小鳥們離家自立之前，還請大家多多照顧！」

看了這一行字，緊繃著的心彷彿也在瞬間暖了起來。大概是出自這裡站務員的手筆吧？

呼籲大家注意燕子窩的字條並不稀罕，然而翔子只看過「上有燕巢，注意鳥糞！」之類的內容。像這種彷彿是燕子媽媽在和大家打招呼似的，既溫暖又帶有幽默感的字句還真是第一次見到。

雖然手上的票可以一路搭到梅田，但翔子決定在這裡出站走走。這是一個在車站前連車子也停不了幾輛的小站。柏油路與紅磚道沿著緩緩的上坡合而為一，乘客們大多也就是利用這條坡道徒步進出小林車站。

出了剪票口後，翔子沿著柏油路走下斜坡，紅磚道就在往前沒幾步路的地方向左邊彎去。從腳踏車停放在這裡的數量就可以判斷，前方不遠處有一間小型超市，而再往下走去則有一間藥妝店。

就在超市門前，一幅奇怪的景象吸引了翔子的目光。一把被撐開的塑膠傘倒吊在超市的屋簷下。

那是什麼玩意兒啊？

被勾起好奇心的翔子忍不住往前走近，一看之下才恍然大悟。

在被倒吊的雨傘上方，果然又有一窩燕子，而那把被撐開的傘，就是用來接鳥糞的。

「真有創意……」翔子默默感嘆。這時旁邊正好有一位警衛在整理停放的腳踏車，她忍不住對著那位警員說道：

「真虧你們想出這個好點子。」

這位有點年紀的警衛，大概是退休後在這裡打工的。回過頭來看著翔子的表情顯得有些困惑，看來他並沒聽清楚翔子說了什麼。

「我說，這真是一個好主意呢！」

翔子邊提高音量再說一遍，邊指著那把倒吊的塑膠傘。老警衛這下才終於會過意來。

「喔，那個啊。不錯吧。牠們從遠方這麼辛辛苦苦地飛來，總不能把人家的窩給拆了嘛。更何況燕子又是祥鳥，妳說對吧。要命的是牠們哪裡不好選，竟然選在這裡築巢，鳥糞可不是會直接掉到客人身上了嗎？所以我們就想出了這個辦法來。」

「這車站很不錯呢。」

翔子開始明白老太太這句話的意思了。

這不但是個不錯的車站，這條街也十分可愛。（之所以會用「街」來形容，是因為這一帶並沒有大到可稱為「城鎮」的程度。）

不但守住了一家小燕子，也顧到了進出的客人，翔子好想在這裡買點什麼來表達對這間店的支持。這麼說起來，剛才在婚禮上幾乎什麼也沒吃，現在正餓得厲害呢。超市門外就擺著一張長椅，店家應該不會介意我買些東西坐在那兒吃吧。

和老警衛點了點頭走進了店裡。陳列在入口處的特價蔬菜很吸引翔子，但想想還得拎著這麼重的東西回家，最後還是放棄了。

小小的店面沒多久就繞完了一圈，地方雖小但東西卻很俱全。一般得上大超市買的商品在這裡也都買得到。而且這間店營業到相當晚，對於單身的客人來說十分體貼。畢竟便利商店的便當是很容易吃膩的。

熟食區就在收銀台前方。除了便當以外，架上的籃子還放了不少飯糰。不是便利商店那種印著標籤的飯糰，而是混著碎醬菜，一個一個用保鮮膜包好的手工飯糰。翔子被這溫暖而不造作的氣氛感染，伸手取了一個紫蘇梅飯糰，與剛才拿的綠茶一起結了帳。

梅雨期間短暫的一天晴朗，將門外的長椅曬得暖暖的。翔子也不管會不會壓皺裙子，一屁股就坐了下去。剛剛在電車上真不曉得是在介意些什麼。

無論是外觀或是味道都那麼樸實的飯糰，如同媽媽親手包的一般，一口下去彷彿連心裡也充實了。翔子細細地嚼著，最後用綠茶嚥下肚。一個飯糰就已經感到很飽足了。

把紙袋空瓶丟進垃圾桶後，翔子向方才的老警衛問道：

「想跟您請教一下……」

「請說請說。」

或許是因為塑膠傘的點子被誇獎的關係吧，老警衛對翔子顯得非常友善。

「這附近有沒有賣衣服的店呢？」

由於這間小超市並沒有服裝部，因此翔子這麼問也不算失禮。

老警衛露出為難的神色，側頭想了想，看來他對年輕女生的服飾店沒有什麼概念。

過了好一陣，他才指向前方下坡路盡頭的大型超市。

「我想那裡頭應該有女裝部吧。」

跟這間小店比起來，那家超市大到從這裡就可以看到。看來是不需要擔心會迷路了。

在和警衛道過謝後，翔子沿著下坡走去。

路上行人的目光總會被翔子所吸引。在這悠閒的週末午後，雖然也有碰到幾個穿西裝的人，但是街上大多都是輕便的休閒服，翔子一身雪白華麗的洋裝，想要不顯眼都很難。

反正急也沒用，翔子沿著長長的下坡道，慢慢朝大超市走去。

那是一個四層樓的大型超市，搭上電扶梯到二樓，走沒兩步就是女裝部。走到了這裡，依然可以感覺來自四面八方的視線。翔子在店裡晃了小半圈，這裡的商品大多是以中年以上或是年輕主婦為主要對象。並不屬於翔子平常會光顧的服裝店。

挑了件樸素的上衣與長褲結完了帳，翔子對店員說道：

「不好意思，我想換上這套衣服回去。是不是可以幫我把標籤剪掉，然後跟你們借一下試衣間呢？」

穿著深藍制服的店員，在聽了這樣的請求以後，雖然露出了意外的表情，但還是順著翔子的意思照辦了。

或許是因為擔心這是什麼新流行的惡作劇吧，店員在帶著翔子去試衣間後，到她更衣完畢為止一直守在門外。就算店員不這麼做，其實翔子在店裡也已經夠顯眼的就是了。

翔子將換下的洋裝盡可能地疊到最小，硬塞到店裡給的塑膠袋裡後將袋口捆緊，拎著走出了試衣間。

店員看到一件高級洋裝，竟然被這樣塞進半透明的塑膠袋裡，不由得對著翔子驚叫道：

「小姐！您換下的衣服！」

任誰都可以一眼看出來這套洋裝絕對比翔子身上這套新衣貴上好幾倍。

「不要緊的。」

翔子一邊說著一邊套上了高跟鞋，拿起皮包。雖然皮包與高跟鞋也都是用來出席晚宴用的高檔貨，不過和剛才的那身裝扮相比，至少現在的翔子已經不至於突兀到引人目光了。

「謝謝你了。」

簡單的道過謝後，留下了傻眼的店員，翔子轉身走出店外。

出了超市大門後，翔子將塞了洋裝的塑膠袋丟進大垃圾桶。

想到這套洋裝的價錢，其實也不是沒有考慮要拿去當舖賣掉。不過這套洋裝，是被自己買來當成復仇用的戰服穿的，這樣一件充斥著自己恨意與怨念的衣服實在不適合轉手給他人，還是現在這樣的處理方式最妥當。

這麼一點小錢，就算是撈回來了也只是徒增空虛而已。

丟了洋裝之後，心情也輕鬆下來了。至於高跟鞋和皮包是自己本來就有的，應該無所謂吧。

比較討厭的是手上這袋禮品。就算是要丟也得做好垃圾分類才能丟，非得一路提回家不可，不過這也是無可奈何的事。

難得在這裡出了站，就多走兩圈再回去吧。翔子朝這條熱鬧的小街邁出腳步，道路兩旁不外乎便當店、理容院之類的店面。沿途不時有著燕子不經意地低空滑過這條小街。仔細一看，這條街上也有數不清的燕子巢。

翔子也不是沒見過燕子，不過像這條街一樣，理所當然地和整條街融為一體，自由來去飛翔的燕子倒是很久沒看到了。

小林絕對稱不上是個「清淨」的地方，店家與居民讓整個社區維持著一團適度的喧擾。然而對燕子們來說，這卻是一個可以讓牠們安心築巢育子的環境。

老太太說得沒錯，這真的是一個不錯的車站、不錯的街道。

由於對這一帶的路還不熟，翔子也不敢走太遠。在沿著大型超市散了一圈步後，便回頭往車站走去。沿著超市停車場外圍栽種的行道樹正開滿了花。

雖然花朵的顏色不同，不過看來是同一品種的樹。白色與粉紅色的花，如棉花糖似地沿著道路兩側交錯綿延下去。翔子在心中又為這份巧思而讚嘆了一聲。

已經差不多圍著大超市繞完一圈了，接下來就順著這道紅白相間的花道走回車站吧！

路上正好有間藥妝店，翔子在店裡買了隨身用的卸妝棉。

悠悠閒閒地步回車站，翔子注意到這裡雖然路並不寬，不過來往的車輛卻不少。原來這條街也是有它熱鬧的一面。

「將來或許可以考慮搬到這一帶住呢……」翔子也很意外自己會突然冒出這個念頭。當然，這裡的環境的確是既方便又好居住就是了。

愈靠近車站腳步就不自覺愈來愈慢，或許是下意識捨不得離開這裡吧。

沿著同一條路回去也沒什麼意思，翔子故意無視剛才走下來的坡道，彎進了下一條路口往鐵軌走去。果然，停看聽的標示就立在不遠的前方，這條路正可接回之前走出車站時岔出去的紅磚道。

沿著紅磚道走回車站，站在售票機前準備要買票時，翔子又發現了一件可愛的小東西。

就在售票機旁邊，放了一個小小的手工七夕擺飾。一看就知道是小朋友的勞作，而在作品旁也貼了張字條：

「這是〇〇國小的學生作品。希望今年牛郎與織女也能相會。」

看來這應該不是那間小學全校性的活動，依這作品的完成度，這裡所寫的「學生」多半也是低年級的小學生吧。看來像是幾個小朋友合力做了這麼一件作品，專程送給車站的站務員叔叔們的。

「謝謝你們啊！」一般的成年人應該也就是這麼跟小朋友道謝兩聲吧。

然而，現在究竟還有多少大人願意把這樣簡陋的作品當做門面擺著，而且還專程補上字條說明呢？最可貴的是，這些大人可並不是什麼教育機構的員工。

翔子買了坐往梅田的票後走進車站，將頭探進站務員辦公室問道：

「不好意思……」

「是，請問有什麼問題？」

從裡頭走出來的站務員也是位稍微有點年紀的老伯，泛灰的頭髮下掛著一張友善的微笑。翔子將喜餅從紙袋裡拿出來放在櫃台上說道：

「如果不嫌棄的話，希望能請各位收下這盒點心。」

望著一臉疑惑的老站務員，翔子趕緊順口掰出一套理由來：

「我剛才去參加一場聚會，這盒點心就是會場上發給大家的。不過我身體不好沒辦法吃這些東西，所以拿了也不知道該怎麼辦。因為是大飯店提供的點心，丟了也是可惜，如果不嫌棄的話希望您能收下。」

與那身為了今天的出征而專程買來的洋裝不同，食物本身並沒有罪過。況且這是飯店為了來賓們誠心誠意做出來的點心。雖然因為個人因素無心品嚐，但若是有人願意收下來，翔子也實在不願意暴殄天物。

「身體不好……是糖尿病嗎？」

站務員一聽，露出了同情的神色。

「年紀輕輕的也真難為妳了。不過妳家裡的人也沒法吃嗎？」

「我一個人住，家裡也沒人可以幫忙吃。而且看到了那麼可愛的字條，想說真希望這間車站的人願意收下。就當是我表達一點心意的小禮物吧。」

翔子指向燕子窩下的紙條。老站務員搔著頭髮紅著臉客氣道：

「人家每年都來嘛，看著看著也實在覺得可愛。那架子是我胡亂釘的啦，不過字就不是我寫的了。」

「真是貼心呢！」

告別了站務員，翔子朝月台走去。老站務員將寶塚大飯店的喜餅牢牢捧著謝道：

「小姐，謝謝妳啊！我也會轉告給那個寫字條的人的！」

說完還不忘對翔子深深一鞠躬。

才跨進月台電車就進站了，不過翔子並沒有上車，而朝著化妝室走去。看著鏡子裡自己臉上的那片濃妝，彷彿是戰士出征時所抹上的迷彩。

真漂亮，今天或許是我看起來最美的一天。過去從來沒有因為參加婚禮而請外面的美容院幫忙化妝過。真不愧是專業的化妝師，今天的我比新娘不知道要亮眼多少倍。

當新娘看到翔子的那一瞬間，那張如惡鬼般的表情，如同濃縮了所有女人所背負的業障。

光是為了激出那張表情，委託專業就可算是值回票價了。

這一副妝容的目的已經達到，可以功成身退了。

取出剛才在路上買的卸妝棉，仔細將臉上的妝抹去。翔子足足花了五張卸妝棉，才徹底擦去這一臉堪稱「作品」的濃妝。

對著鏡子重新上了妝，當然，這次僅僅上了淡妝。

除了身上的衣服略顯樸素以外，翔子終於恢復了平常的打扮。

也終於結束了這場出征。

心底的恨意與怨念並未消失，但是至少自己已經將滿腔的委屈狠狠地刺了回去。

關於這一部份，翔子並沒有留下遺憾。

接下來該何時抽身呢？

竟然會不經意地考慮起抽身的事，或許是託了電車上老太太一席話的福吧。

仁川站

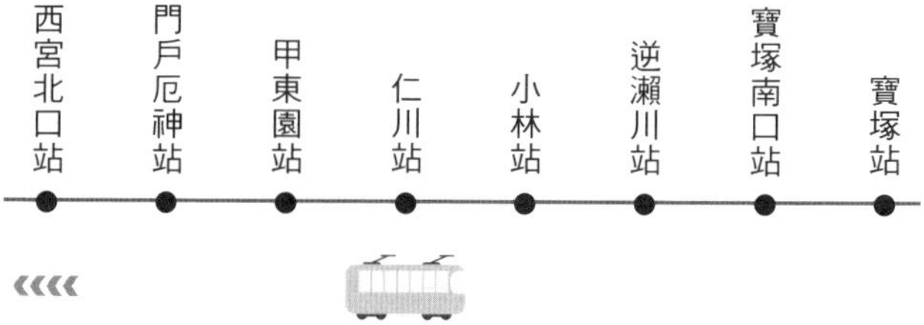

「就跟你說了咩！」

關於剛才那個在小林站下車，穿著一身純白洋裝的女生到底有什麼問題，美紗笑著把講了好幾次的說明又再重複了一遍。

雖然臉上強掛著笑，但是心裡頭是非常不耐煩的。

「參加結婚喜宴是不可以穿白色洋裝的啦！」

「這沒道理啊！客人都嘛是被請去的不是？客人高興穿啥還要管人家喔！」

男友克也丟回來的反駁也和剛才完全一樣。

「齁——！是啦是啦，被招待的是客人沒錯，不過新娘才是真正的主角啊！雖然常有人開玩笑說，新郎新娘其實是在喜宴上當公關，不過這也只是玩笑話咩。再怎說，這一天都是接受大家祝福的好日子，白色當然是只屬於新娘的顏色！有點常識的人是不可能穿白色來出席的啦！」

「這種常識是誰說了算？」

「啊！常識會被叫常識，就是因為沒有人會去硬說成規定咩！」

美紗深深嘆了一口大氣。

「你要是被請去參加婚禮，也不會穿像現在這副德性出席吧？」

克也現在穿著的，是一身嘻哈風的裝扮。

「是怎樣？現在連我穿啥妳也有意見囉？」

「哎唷，不是啦！我只是想跟你說衣著打扮要看場合嘛！」

真是要命……為什麼每次跟克也講話到最後都會講成這副德性哩？我應該也沒說啥重話啊？

「女生甚至連白色的披肩都會盡量避免耶，不但是考慮到新娘，也因為不想被周圍的人當成沒常識咩。」

聽了美紗的話，克也不屑地嗤之以鼻。

「女人這種無聊的生物就在意些有的沒的，妳也是屬於這種生物是吧。」

交往了一年，克也嘴巴賤也不是到今天才知道。但被講到這程度倒不多見，依照美紗的個性也實在嚥不下這一口氣。

只不過美紗此時並沒考慮到，這小小的反擊會帶來多嚴重的後果。

「看來你對結婚喜宴常識的瞭解比我要豐富多了齁，之前不是說要去參加學長的婚禮嗎？確認出席的回信寫好了嗎？」

「廢話，那種東西不就填一填丟回郵筒就好了。」

「那回郵信封上寫的『〇〇　恭啟』你怎麼改的？」

克也的表情變了，這正是自己不清楚的地方被指正時會出現的反應。

「再怎麼樣，應該也不至於會維持原狀寄回去吧！是不是啊？」

美紗似乎很在意剛才被說成「無聊的生物」，反攻回去的語氣是既狠又準。克也沒有回答美紗的問題，看來的確是就這麼丟回郵筒了。

「那個是對方自己寫了請人回郵的信封，寄信者本人當然是寫『恭恭敬敬地開啟』啦，一旦從我們這邊寄回去，哪有要求人家『恭恭敬敬開啟』的道理。所以在寄出去之前要把『恭』字給劃掉才不失禮咩。」

克也擺著張臭臉不吭一聲。

「回信也不是把『來場光臨』圈起來，寫上姓名住址寄回去就好哩，得記得把『光臨』兩個字劃掉，還有『不克光臨』四個字也劃掉說。」

要更講究一點的話，除了將「光臨」二字劃掉以外，還會在「來場」前面加上「謹循美意」、下面加上「致賀」，不過這對於克也來講難度太高了，所以也就沒再多提。

對美紗來說，這已經手下留情了。

「還有啊，『貴住處』跟『芳名』等等敬語也要記得劃掉，重新寫上普通的『地址』和『姓名』喔。」

這一長串書信禮節講座雖說是為了出剛剛的一口氣，不過有一半也是美紗真的在為克也擔心，而半晌不說話的克也突然間狠狠地踹了電車門一腳。美紗被這突然的反應嚇了一跳，抬頭一看，克也正惡狠狠地瞪著自己。小心翼翼地留意了一下周圍乘客，果不其然，幾乎每個人都將眼光投往自己身上。

坐在對面的小女孩張了一雙大眼睛往這邊瞧，小女孩的祖母也正盯著自己。克也當然也知道此刻正全車廂的視線都集中在自己身上，不過他毫不理會異樣地目光，對車門又補了更重的一腳。

「知道了這些是會變多偉大是吧！啊？」

要命了。

要是現在不是在外頭，而是待在克也房裡的話……

現在拳頭已經揮過來了。

「對……對不起……也不是說會變多偉大什麼的啦……因為是常識，所以想說你應該知道一下會比較好嘛……」

「靠！妳玩我很爽喔！常你媽的識啦！講得一副很屌的樣子，妳是已經比我偉大了是吧？」

「砰」的一聲，這是第三腳了。

對面的小女孩已經嗚嗚地哭出聲音來了。儘管不是對著自己，毫不留情面地怒吼以及粗暴的肢體語言，已經足以將一個小女孩嚇哭了。

對不起啊……都是大姊姊的錯……

美紗才正這麼想著，就聽到克也不耐地嘖了一聲：

「死囝仔，靠腰呀！」

雖然這句話的聲音不大，但美紗還是覺得很過份。
明明是我們把人家嚇哭的，怎麼還講這種話？
不過此時克也還正在氣頭上，要是真說出來，這回他可不會管什麼公共場合，當場得吃上一巴掌了。

「下一站是仁川─仁川站─」

聽到了車內的廣播，坐在對面的祖孫二人站起了身來。
克也也轉身走向車門，美紗急急忙忙地追了上去。
「你要去哪啦！我們又不是在這站下，今天不是說好了要一起去西北的仲介那邊找房子嗎？」
「現在不爽去了啦！因為妳的關係！」
從克也口中吐出的「因為妳」三個字，語氣充滿了惡意。
「雖沒啥大比賽，去買幾張馬券還比找啥鳥房子有搞頭！要找房子妳自己去找啦！」
阪神賽馬場就在仁川站，一旦到了賽季，這裡變熱鬧的程度可不是開玩笑的。
每當有了大比賽，別說是紅綠燈都幾乎要被癱瘓掉，為了讓乘客們在出站後能順利移動，車站甚至還會在地下道特別設一條直達賽馬場的動線給賽馬迷們使用。

然而賽馬場的反方向卻是條傳統商店街，穿過商店街後就是一片閑靜的住宅區。車站兩側的環境落差極大，也算是仁川站的一大特色。

克也平常對賽馬也不是特別感興趣，頂多就是有大比賽時，跟著狐群狗黨一起去湊湊熱鬧。會在這種時候主動說要去買馬券，擺明了是衝著美紗來的。

那對祖孫二人站在車門前等著下車，老太太正在安慰抽抽噎噎掉著眼淚的小孫女。

克也撇了一眼，嘴形很明顯是在暗罵「死老太婆，故意演給我看的是吧！」，而這句話的背後同時也是在向美紗強調「這也是妳害的」。

「那個，你不要生氣了啦，是我不對，我不會再犯了，我們還是一起去看房子嘛。」

進站的電車車門一開，克也馬上往外走去。試著拉住克也的美紗反而被拖了出去。

「啊——！」

被拖出門外的美紗差點一跤摔在月台，然而克也不只是連頭也沒回。還用力將美紗的手甩開，快步走向剪票口。美紗是真的連追上去的力氣也沒了，只是望著克也漸行漸遠的背影。

齁——！怎麼我們老是發生這種事啦！

不管是出門約會還是兩個人獨處，只要一個不小心把克也惹火了，就算是才剛上過床，翻起臉來也從不跟美紗客氣。

到底是哪裡不對勁啊？一些因芝麻蒜皮小事引起的爭執，到最後一定會鬧得一發不可收拾。要是在屋子裡，拳打腳踢就不用說了，出門在外的話也是像今天這樣被一個人丟下來。而且就算是出遠門，克也倔起來也真的是說走就走，被一個人丟下的美紗，已經不曉得孤零零地邊哭邊回家幾次了。

明明是他心情好的時候自己主動提的，說什麼兩個人同居的話可以省下不少房租水電費。

還說什麼覺得可以跟我一路走下去。

嘴巴上說得那麼漂亮，可發起脾氣來就馬上六親不認，不管美紗怎麼哭怎麼道歉都沒用。一旦吵起架來，只要克也的情緒沒穩定下來，美紗的惡夢就沒有結束的時候。

跟在兩人之後下車的乘客一個個從身邊走過，美紗也已經很習慣接受路人帶著同情的眼神了。

身後傳來擤鼻涕的聲音，回頭看去，原來是剛才那對祖孫。老太太正在幫剛哭完的小孫女處理善後。

「真對不起，把小妹妹都嚇哭了……」

聽了美紗的道歉，老太太一邊俐落地將面紙包好一邊說道：

「真是爛男人。」

由於太直接太突然，美紗花了點時間才反應過來老太太是在說克也。而就在反應過來的那一瞬間，美紗也受到了相當大的打擊。和自己一路交往下來的情人，看在旁人眼中也就是一句「真是爛男人」就可以打發掉的貨色。

「還是分了吧，不然可有得苦了。」

老太太僅淡淡留下這麼一句話，牽起小孫女的手緩緩走出對面的剪票口，步下了階梯。

和誰？什麼苦？老太太並沒有留下更多的說明。

美紗直到那對祖孫的背影完全消失，才慢慢地走回月台，就著最靠近的一張長椅坐下。

為什麼我會和那樣的男人交往呢？

總是為了一些不痛不癢的小事起爭執，一發起脾氣來也不管人前人後，馬上對女友大小聲，就算女友發生危險也不理不睬，私底下更是動輒暴力相向。

最早是克也在路上跟自己搭訕才認識的。光看外表的話克也的分數相當高，難得被型男搭訕也不會覺得不愉快，反正只是一道喝杯茶嘛！

兩個人聊開了才知道，彼此的大學不但近，而且還在同一條路線上。再加上兩個人雖然都是關西出身，但是老家都和學校有段不小的距離，因此現在同樣都是一個人在外租房子住。

這些個共通點讓兩人間的話題馬上多了起來，彼此之間也愈走愈近，才不到一個月的時間，兩個人就發展到自然進出彼此的公寓，並且突破最後一層防線的關係了。說直一點，其實也就是一對年輕男女，順著氣氛一鼓作氣就搞上了的這樣的關係。不過在剛開始交往那段時間，克也其實也是很溫柔的。

到底是從什麼時候開始變成現在這樣的呢？

不知從何時開始，「打掃克也房間」這項工作成了美紗的義務。之所以會這麼快就考慮同居這件事，有很大一部份也是因為，同時照料兩個人的公寓，已經讓美紗忙不過來了。

話說回來，為什麼才交往一年，我就得被克也當成老媽子使喚？

剛開始的時候，的確是為了討克也的歡心，然而沒過多久，克也就將打掃房間這件事當成美紗理所當然該盡的義務了。一旦房間又開始亂起來，或是髒衣服累積到連乾淨內褲都快沒得穿的時候，克也就會打電話召喚美紗來收拾屋子洗衣服。

人家又不是你請的傭人，自己的房間該自己打掃吧！

早期跟克也這麼抱怨，他還會唯唯諾諾點頭答應改進，漸漸地，美紗只要一抱怨，克也就開始不爽，差不多也是這個時期開始，一吵起架來，克也就沒完沒了。到最後美紗也放棄了，比起費神費力跟他吵這沒完沒了的架，自己乖乖去當傭人還比較輕鬆。每個星期去給克也打掃房間也就成了美紗的例行公事了。

之所以會約了一起找房子，背後其實也有這麼一段不愉快。

更何況交往了這麼久，美紗為了對方犧牲奉獻了這麼多，就算美紗本來就沒有刻意要邀功的意思，面對克也完全不知感激的惡劣態度，會心生不滿也是理所當然的吧。

像現在這樣分開來住，吵架的時候克也都會對自己拳打腳踢了，要是和這個爛男人住在一個屋簷下……那我豈不是連逃的地方都沒有了？

「回去吧。」

下一班電車再過沒幾分鐘就要進站了，美紗站起身來走向月台，在乘車處前站定。

要是在以前，美紗這時候應該正拚了命地想辦法跟克也聯絡才對。就算手機打不通，多半也會傳好幾封道歉的簡訊。搞不好還會一直守在車站入口附近，乖乖等著克也回來也說不定。

一旦冷靜下來仔細想想，這男人真的值得讓自己如此低聲下氣嗎？

更何況……

要是給老媽知道，我男朋友是個一吵起架來就會對女人動粗的人，老媽一定會很傷心吧！

至今為止從來沒有出現過「不孝」這樣的念頭。別說是老媽了，自己的家人、好友要是知道了，相信大家都會為我感到難過吧。

擦身而過的老太太不經意地一句忠告，竟然會讓美紗在短短的時間裡冷靜下來，那個「在克也面前委曲求全的美紗」會就這麼突然消失，連自己也覺得很不可思議。

說要去賽馬場，那到賽程結束之前還有幾個小時的時間。手上既然有克也住處的鑰匙，用這段時間去把自己的衣物行李搬回去應是綽綽有餘了。很難得克也昨晚到美紗位在小林的住處過夜，這應該是克也最後一次進自己房間了吧。反正克也放在自己住處的東西也不多，過兩天包一包用快遞寄回去就好了。

到時候多半又會為了分手這件事鬧到不可開交，不過美紗也已經做好長期抗戰的心理準備了。由於大多是克也把美紗叫到自己住處來，也因此美紗並沒有將家裡的鑰匙交給他。如果弄出什麼麻煩自己處理不過來，再去找朋友幫忙吧。要是真鬧得太誇張，也不排除報警的可能性……

就這樣吧。給克也的最後一封簡訊該寫些什麼呢？

美紗稍微想了一下，最後只短短地打了這幾個字：

「我受夠了，再見！」

這枚炸彈等回到家以後再丟出去吧，美紗將簡訊暫時存在手機的送信匣裡，坐上了回程的電車。

甲東園站

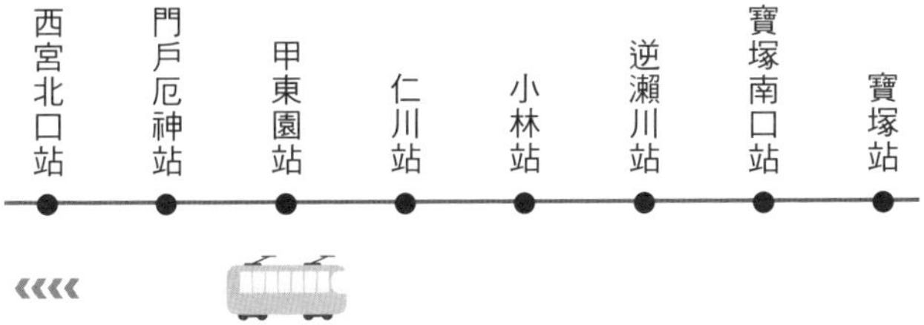

美紗將打算在回到住處後再來引爆的炸彈（存著未寄簡訊的手機）小心收在皮包，站在車廂內的一角靜靜望著窗外。車內並不擁擠，零零散散地其實空了不少座位，然而此時的美紗並不想要坐下。

真是爛男人。還是分了吧，不然可有得苦了。

交往才一年就開始被當成傭人使喚。

要是和那不知好歹的男人住在一個屋簷下……

如果老媽知道我和一個會打女人的人在一起，一定會很傷心吧。

電車正在往克也住處行進，美紗打算趁著克也還沒回去的這段時間，將自己的東西打包回去。

對克也的感情在一瞬間就冷卻下來了，但也由於冷卻得太快，美紗的內心又開始動搖起來。

克也沒在氣頭上的時候，也是蠻溫柔的啊……而且他也是有不少可愛的地方……

更何況，克也又長那麼帥說……

「美紗的男朋友長得好帥喔！真好……」

每當把自己和克也的合照秀出來，總會招來周圍好友羨慕的目光，這對美紗來說是相當自豪的一件事。想到從此再也不能跟朋友炫耀自己的帥男友，多少還是會覺得有些可惜。

竟然會因為這麼膚淺的理由動搖，連自己都覺得好不堪。

就這麼看著車窗外不斷流過的景色，不知不覺間，電車也滑進了下一站「甲東園」。

甲東園是距離某關西有名私立大學最近的一站，無論是平日還是週末，都可看到不少學生進出這間車站。

今天大概有練習比賽吧，扛著長曲棍球球具的大學女生成群擁進了電車。另一位衣著帶點龐克味的年輕人，則無視自己耳朵掛著的大耳機所漏出來的音樂，自顧自地翻開看來頗艱深的教科書

這間大學的錄取分數，遠比美紗的大學要高得多。當然，跟克也的大學也有著天地之差。

這群乘客裡，還混著幾個穿著制服的高中女生。嘰嘰嘎嘎的談笑聲彷佛在宣告天下，所謂的「將來」對她們來說還太遙遠，此刻只需要享受當下的青春。

幾年以前，我也和她們一樣無憂無慮的說……這麼一想，美紗不禁開始嫉妒起這一陣陣旁若無人的笑聲。

這群高中女生靠到美紗身旁的吊環下，圍起小圈圈聊了開來：

「妳們知道嗎？聽說小悅的男朋友比她年紀大超多的說！」

大超多是差幾歲？美紗被這煽動性的開場白勾起好奇心，不由得豎起耳朵。

那位看起來有些成熟的「小悅」被朋友這麼一虧，連忙雙手亂舞說道：

「大學畢業出社會也才第二年啦！而且他晚生，不過大人家五歲而已啦。」

會將五歲的差距加上「而已」，更證明了這位「小悅」的確比其他好友更接近大人的世界。

「哇──！已經出社會了耶！跟同校的學長交往還可以理解，上班族的男朋友超難想像的說！」

說這句話的女生被其他的朋友頂了一下：

「我們都已經三年級了，升學都還沒有確定，要我們去哪裡找『學長』交往啦！」

「也對啦！小悅小悅，跟出社會的人在一起開不開心啊？」

「嗯……這個嘛……」

小悅歪頭想了想後這麼說道：

「妳們不要想說在工作的人就多怎樣啦，本來就笨的人出了社會以後還不是一樣照笨。啊！我男朋友就是屬於這種笨瓜型的說。」

「不會吧──」周圍的朋友開始起鬨了。

「男朋友大妳那麼多，不是應該要很可靠很能幹才對吧！」

這就是小丫頭們對於「年長」兩字所抱的憧憬吧，在一旁冷靜分析的美紗，其實也沒比這群小丫頭大到哪裡去就是了。

「差遠了差遠了！至少我男朋友跟啥可靠能幹沾不上一點邊！比方說啊，前陣子他才搬出家裡一個人住咩，大半夜的竟然打電話跟我喊救命耶！」

「咦？為什麼為什麼？」

看來這位「小悅」很有名嘴的天份，不但一群好友全被吸引住，連在一邊聽著的美紗都被她的話題釣上了。

一個大男人，會在半夜打電話給還是高中生的女朋友喊救命？到底是給他碰上什麼天大的麻煩啊？

「我就問他『怎麼啦？』，結果妳們猜怎樣？他竟然跟我說『我不知道衣服要怎麼燙』！」

大家先是愣了一下，而就在下一瞬間，車廂內響起一陣爆笑。儘管周圍乘客報以不快的眼神，然而這群小丫頭別說是毫不在意，她們甚至根本沒發現自己已經成了所有乘客目光的焦點。就連美紗都差點忍不住笑出聲音來。

「我家都嘛是媽媽在幫我們燙衣服說，熨斗也就是家政課的時候用過幾次而已。那傢伙連要燙什麼衣服都還沒講，就開始問說『溫度要調幾度』、『蒸氣是用來幹嘛的』這種問題。我哪有那麼神，光聽這樣是要我從何教起啦！」

「就是說嘛！」

「我就問了啊，是要燙什麼衣服，這時候他才跟我說是要燙襯衫。襯衫的布料種類也有很多種啊，我把家政課的課本翻出來，問他襯衫是哪種布料，他就開始哀號說他哪裡知道，我說『標籤上不是有寫嗎？』他竟然回我『標籤是啥？』」

「嘩──！」地又是一陣爆笑，美紗也憋笑憋到肩膀開始發抖。當然，來自周圍乘客的視線是更加嚴厲了。

不但故事爆笑，這群女生又聊得這麼投入，這時候就算跳出去對她們說教應該也是一陣徒勞吧。

「我是沒力到連生氣都懶得氣了，就慢慢跟他解釋說，在襯衫下擺內側，不是有一小塊印著一堆字的布片嗎？那個就是標籤，這下他才終於知道我在說啥……」

要結尾了嗎？最後的笑點給我來個大的啊！

小悅的最大的笑點，果然沒有讓正豎起耳朵的美紗失望：

「這一位大學畢業了兩年的社會人士，竟然跟我說，他看不懂標籤上寫的漢字！」

「超──笨──！」

這群女生又爆出了一陣旁若無人的狂笑，美紗也在這陣笑聲中忍不住噗哧地笑出聲音來。

「然後啊……」

還有下文喔！

「實在是拿他沒辦法，只好問他那漢字長什麼樣子，這回他跟我回說寫了一個『糸』字……」

「敗給他！是『糸字邊』啦！」「光回答部首有啥用啦！」

不愧是考生，儘管大夥笑到快要岔氣，吐起槽來還是很專業。

「不要太苛求那個笨瓜啦。我就再繼續問啦：『那個字除了「糸」以外旁邊也有寫東西對不對，寫的是什麼字？』那個寶貝蛋跟我說『寫了一個「月」……』」

「連『絹』都不認識喔──！」

「而且還漏講上面那個小『口』說！」

這「段子」的結尾到底是疊了幾層啊！美紗用手捂著嘴，要是不用力捂著，這時候已經和她們一起笑到飆淚了。

「總之搞清楚了衣料種類，我就照著課本教他襯衫該怎麼燙，這事才算是了結。」

這的確是誇張到不行！一個大學畢業的社會人士，竟然會蠢到這種掉渣的程度！一個出了社會的成年人耶！妳們說誇不誇張？」

「那妳後來有沒有告訴他『絹』要怎麼唸？」

被這麼問道的小悅點了點頭：

「那傢伙還一副恍然大悟的樣子說：『哦——！原來這字唸綃啊……』拜託，被這麼簡單的字感動到，連我都替他覺得丟臉說！」

「不知道他認不認識『綿』哩？妳男友鐵定還有一堆梗夠我們笑。」

「光要解釋『綿』的右半邊，大概就已經超出他的能力範圍了。」

小悅精闢冷靜的分析再度引起了一陣笑聲。

「由我來講是有點那個啦，不過當晚還是隔著電話對他小訓了一頓。『我說你啊，就算電腦再怎麼普及，世間再怎麼不需要手寫字，你要是連這麼簡單的字都唸不出來，遲早會給你鬧出大笑話。別說我沒提醒你，趕快再去多學學漢字啦！』他就說：『嗯，妳說得對！過兩天我去買《漢字習作》回來練。』……真是夠了，我還在想是不是要逼他去考個漢字檢定之類的……」

堂堂一個社會人士，竟然被還是高中生的女朋友主導局面到這種程度，想想還真是不堪。不過因為是別人的事，所以可以當成笑話聽聽就好。

「妳跟他是怎麼認識的啊？」

「這不重要啦……沒啥好玩的。」

名嘴小悅突然之間結巴了起來。

「妳一直沒跟我們講過咩，說一下啦！」

「對嘛對嘛！我也想聽！」

小悅沉默了一陣後，警告大家「不准笑喔！」，這才不情不願地跟大家招了跟男朋友的邂逅過程。

「搭訕，而且還是在塚口。」

「哇──！超怪的！」

被搭訕沒什麼好怪，怪的是被搭訕的地點。塚口站除了今津線外還和伊丹線交錯，算是個頗繁榮的大站。不過這裡所謂的繁榮，並非高聳的百貨大樓與時髦的街道，而是洋溢著生活感的大型連鎖超市以及購物中心。

消費群主要鎖定在主婦階層，對附近的女子大學以及高中學生來講，平常是可以靠塚口將就將就，不過真的打著「上街購物」的念頭出門的話，主要還是往大阪或是神戶跑。選在塚口跟女孩子搭訕，想不被人說怪都難。會在那一帶攔住人的，通常不是找你捐血，就是請你填問卷。

「那天我老爸生日嘛，我想說老爸的禮物在塚口解決就好，放學後就繞到那兒去了。」

「西北不也有無印良品說？」

朋友講的地方正確來說應該稱作「西宮北口」。正是此刻大家所乘坐的「今津線」的終點站。

「給老爸的禮物幹嘛專程跑到無印良品挑？無印良品東西其實蠻貴的哩。二月冬裝又還是當季，預算一千圓買不到啥東西的啦！」
「喔─那當然是去塚口嘛。」
小ㄚ頭們對老爸還真是薄情啊。
「沒錯吧！到了塚口果然給我找到特價的千圓圍巾，無印良品的話至少得花上三千說。然後東西包好，才接過手來就聽到後面有人問說『小姐要不要一起喝杯茶？請妳啦！』」
哇哇哇，這不是跟當初克也搭訕我的時候超像的嗎？美紗不由得把耳朵又豎得更高了。雖然跟這群高中女生靠得很近，不過沒有人發現自己在一旁偷聽。
「我轉過去一看，對方是個上班族。而他一看到我身上穿的制服就抱起頭來直喊要命。說是擦肩而過的時候只注意到我的臉，然後因為我穿了夾克，光看背影也看不出來是高中生。他接著說：『怎麼辦，就這樣把妳邀去喝茶會不會被當成是援交啊？』拜託！這種事問我哪知道啊？」
「這麼講對妳蠻歹勢的啦，不過他還真從那時候開始就已經是笨瓜了耶！」
「光喝杯茶就得被抓的話，日本的警察都別想下班了。聽我這樣一講，他就說：『那看去哪找間咖啡店坐坐吧！』」
「哇─！不愧是有在工作，真有錢！都不會想說去麥當勞喔！」
美紗聽得不禁泛起微笑，這算是平常的高中生應該有的金錢價值觀吧。其實上咖啡店請女生吃個下午茶套餐也花不了一千圓。只不過對這群女生來說，給老爸的生日禮物預算也是一千圓就是了。

像這樣多請別人一頓下午茶荷包也不會痛，透過這微不足道的差別，小女生終於開始對社會人士的經濟能力表達了一點敬意。

「話說回來啊……」

其中一個女生突然將聲音壓低，美紗也忍不住將耳朵貼近。

「你們『做』了沒啊？」

可不是，這年紀的小女生怎麼可能放過這種問題嘛……美紗不禁露出苦笑。

「還沒。」小悅的回答非常簡潔。

「說是不想被當成援交，不過好像憋得很痛苦說。」

「咦？不是只要沒有金錢交易就不算援交嗎？援交講白一點就賣春嘛！」

「他本來就笨嘛，哪裡知道這麼多。」小悅也淡淡笑著回答道：

「最近他還一直在催我，要我趕快長大哩。」

「是給人家催一催就會長得比較快喔！」

小圈圈裡又冒出了一連串的吐槽。小悅的男友大概做夢也想不到，自己會在這時候被當成祭品吧。

「啊！都不會想說跟妳強要嗎？」

「要是這種人的話早跟他分了。」

嗚……這句話彷彿一把利刃直直插進美紗心口。小悅在一旁繼續說下去：

「我也會怕啊，雖然說我也很喜歡他，可是會怕就是會怕嘛，我也不想強迫自己說。而且在正式交往之前他就知道我是高中生，要真的夠重視我的話忍到畢業應該不為過吧？更何況他也曉得我還是考生……」

如果換成是我和克也……

還在分手與否間搖擺不定的美紗，自然而然地將自己與男朋友投射到同樣的情景中。

要是當著面指正對方漢字唸錯，惱羞成怒的克也一定又會惹出一場風波。（特別是他原本不知道的知識，一不小心說破了很有可能還會招來一頓揍。）雖說因為兩人年齡相仿，順著氣氛一路就衝破最後防線了，但要是美紗露出一點躊躇的神色，克也一定會發起脾氣質問自己是不是變心了吧。

要是拒絕了會惹克也生氣、會被克也討厭。就算是自己並沒有那樣的心情，美紗也從來沒有拒絕過克也的任何要求。

「妳難道不喜歡我嗎？」美紗怕的就是這樣一句指責。

可是克也，你有考慮過我的心情嗎？

幾乎從來不曾違抗你心意的我，需要鼓起多大的勇氣，才有辦法擠出「我不想」這沉重的三個字？而這一年來，你可曾動過「因為美紗不想要，所以還是算了吧」這樣的念頭呢？

「不想惹對方討厭」跟「為對方著想」，是兩種完全不同的感情啊！

儘管已經出了社會，卻連衣服都不會燙。儘管大學畢了業，卻連「絹」都不會唸。儘管女朋友還是高中生，卻願意甘心接受她的說教。小悅的男朋友真的是個好情人、好伴侶。

自己只是個在電車上無意旁聽到這段故事的路人，然而光靠這樣一小段故事，就足以瞭解到兩人正在經驗一段快樂的感情。

我年紀明明比人家要大，但是卻只知道注意男人的外表，任由氣氛擺佈的結果，就是被男人耍得團團轉。小悅看男人可比我要來得有眼光太多了。

沒什麼好搖擺的，就分了吧！

一個高中小女生談的戀愛都比自己高明多了。

美紗還不至於麻木到不懂得羨慕人家幸福的程度，更何況，也不打算放下自己的尊嚴。

門戶厄神站

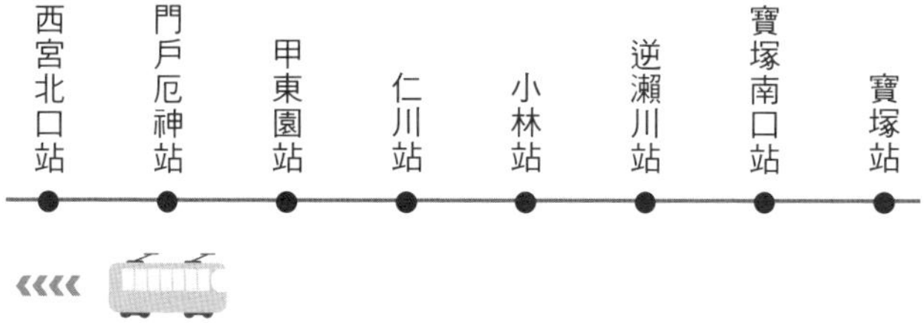

門戶厄神站就在終點西宮北口的前一站。每到了過年時分，便會增設許多臨時班次，特別是在除夕夜時，為了方便大量湧向門戶厄神神社參拜的群眾，一定是二十四小時通車。聽住在這附近的大學同學說，當地人都把門戶厄神叫做「厄神公公」。神社本身算是在市區內，不過由於建在小丘陵上，因此周遭還是有不少田地。附近的住宅區也多少殘留著一絲昭和時代的風情。

這麼一說，離學校這麼近的神社，好像還真該找個時間親自去走走。圭一邊發著愣邊這麼想著。雖然思緒不時被同車那群高中女生的笑聲打斷，不過圭一倒沒有太放在心上。周圍確實有不少乘客對著她們怒目相視，這也難怪，一連串連頭上這副耳機都擋不住的嬉鬧聲，會讓車上的那些叔叔阿姨不爽也是理所當然的。

不過自己也才剛上大學，脫離那個年紀也沒多久。三五好友一聚到一塊兒，確實就會不自覺地放大嗓門、旁若無人起來，圭一也很能體會這一群高中生的心情。

電車進了門戶厄神站月台，此刻大概是今津線人潮最洶湧的尖峰時間吧。一到週末，這裡常會出現比平常多上五六倍的乘客。

站在門邊的短髮女生被上車湧進的乘客擠得靠到圭一身邊，畏畏縮縮地向圭一點了點頭以示歉意。穿得頗有龐克風的圭一在這女生眼中可能有些可怕吧！

短髮女生從掛在手臂上的包包裡拿出一本教科書，沒想到竟然與圭一抱在懷裡的是同一本書。這是大學一年級必修共通科目的課本，作者正是該堂課的教授本人。一看就知道教授是為了從大一身上撈一票，才故意將這本超貴的專門書籍指定為課本。

因為是必修科目，誰要是不買就鐵定死當。這招沒良心的強迫推銷，已經讓該教授在全校新生之間聲譽掃地了。

既然對方也帶著這本惡名昭彰的課本，那一定也是同校的一年級同學。只不過共通必修科的人數實在太多，圭一對這位短髮女生並沒有印象。而這位穿長褲的女生打扮得也並不特別顯眼，畢竟會讓人深刻留下記憶的女學生，總是那些對流行服飾敏感的族群。

大群的乘客在湧上車後逐漸往車廂裡頭移動，門口一帶也不再那麼擁擠，短髮女生再度小心翼翼地與圭一保持了一段距離。「我看起來難道真那麼恐怖嗎……」圭一心裡其實有些小受傷。這時候這女生突然彎下身來，抬頭透過車窗往外看去。

知道對方跟自己是同一間大學的新生，圭一自然而然對短髮女生產生了親近感。而她突然的舉動也勾起了圭一的好奇心，忍不住也彎下腰來抬頭往外看。

女生像是嚇了一跳，警覺地趕緊把頭回過來。也是啦，一個高頭大馬的陌生男子突然在自己身後彎下腰來，任誰都會嚇一跳吧！

面對這女生充滿戒心的表情，這回換圭一跟對方道歉了。

「不好意思啊，我只是好奇妳在看什麼……」

她的表情還是繃得很緊，圭一連忙把手上的課本秀出來。

果然，這教科書的封面比什麼說明都管用，儘管看得出來她還是有些怕生，然而剛剛那充滿戒心的表情，此刻已化為一張友善的微笑。圭一入學以來第一次為自己買下這本課本而感到慶幸。

女生在擁擠的車廂內挪了挪身子，為圭一多讓了一點空間，手指著窗外的天空說道：

「我只是想說，是不是發生什麼事件了。」

傳入圭一耳中的不是讓他最近幾乎聽到膩的關西腔。自己並非關西出身，而這女生似乎也是來自於外地。雖然她很努力將標準話講得字正腔圓，不過多多少少還是聽得出有著少許九州口音。而圭一混著方言的語調，人家大概一聽就知道自己是中國地方出身的吧。

順著她指的方向看去，春末的晴空遠方並列著五台豆般大小的直昇機。

「原來如此，不過那並不是媒體。」

圭一反射性地回答道：

「那是自衛隊的泛用直昇機。媒體直昇機是不會編隊飛行的。妳看，那五台的高度整齊到像是貼在同一塊大板子上對吧？每兩台間隔的距離也拿捏得分毫不差。自衛隊在伊丹有屯駐地，所以這一帶三不五時可以看到他們的直昇機起降。大概是飛行訓練或是演習之類的吧！」

回頭一看，她正瞪大了眼睛望著自己。

要命，老毛病又犯了……圭一想起了不愉快的回憶。

圭一在上大阪念大學以前，可以說被高中的女同學們當「軍武宅男」嘲笑了三年。自己進的是輕音樂社，社員大多還蠻受女孩子歡迎的，然而就只有自己，由於被貼上了御宅族的標籤，女生們帶著歧視的眼神已經讓圭一不知受傷多少次了。偶爾也是會有女生跑來問一些關於武器的知識，因為是自己熟知的領域，不知不覺就會開始長篇大論起來，回答完了人家問題之後，往往也只是多得到一個「圭一果然有夠宅」這樣的評價，繼續被女生們笑話。

幾次這樣的經驗其實是令圭一很挫折的，有時社團團員也會帶來「女生們也在說，『要是圭一沒那麼宅的話，其實也是蠻怎樣怎樣……』」這類的消息，然而這種安慰對圭一來講只是在傷口上撒鹽。

也因為這些過去的陰影，才會決定上大學後要將自己的「軍武屬性」封印起來。圭一深深懊悔，竟然不小心在這裡漏了餡。

「好厲害喔！」

儘管這女生似乎是發自內心在佩服圭一的知識，然而遭受過去痛苦經驗束縛的圭一無法信任這份讚美。

「妳直說沒關係啦，反正我就是個軍武宅嘛。」

「『軍武宅』是什麼意思？」
她率直的問句反而讓圭一傷起腦筋來了。
「呃……就是特別熱衷軍事啊武器之類的御宅族嘛……有點像是鐵路宅那樣。」
「哦～你講鐵路宅我就比較有概念了。像是很熟悉各種車廂顏色、列車的型號、時刻表可以倒背如流、還有會掛著很誇張的相機守在月台拍照那種的。」
我還不至於到會去敗砲管來玩攝影的程度啦……不過就算這麼解釋，她大概也不曉得我說的砲管指的是單眼相機的長鏡頭吧？
「你認得出是哪一種直昇機嗎？」
「從這裡距離太遠了看不出來啦，不過形狀很像是UH1J就是了……」
「哇！你真的看得出來耶！好厲害！」
編隊飛行的直昇機逐漸往住宅區的方向遠去，望著窗外的女生把膝蓋曲得更低，繼續以目光追著那個空中隊伍。
「今天還真是看到了好東西呢。」
聽得出短髮女生是真的覺得很高興，圭一也逐漸將舊傷所築起的心防放下。
「妳也很喜歡這類東西嗎？」
雖然已經知道對方跟自己是同一間大學的新生，不過圭一到現在還是很難相信，自己竟然有機會像現在這樣和女孩子一起說話。

「嗯……怎麼說哩……」

此時直昇機已經飛遠了，女生回過頭來對著圭一繼續說道：

「看到自己沒見過的、稀奇的東西時，難道不會覺得很興奮嗎？所以我坐電車的時候一定會盡量找靠窗的位子。特別是靠門邊，車窗最大、視野也最好。」

在上一站一大群乘客湧上車的時候，她刻意避開往裡擠的人潮，選擇往車門旁的圭一靠去就是因為這個緣故。身材嬌小的她只要靠門邊貼緊，就不至於擋到上下車的乘客。

「自衛隊的直昇機通常只有在電視新聞裡才看得到，現在竟然有機會在街上看到實物。而且還飛得那麼整齊漂亮，實在很不簡單，某種程度上，這應該是今天所看到最特別的景色也說不定呢。」

「講話不用那麼恭敬啦。同一年級的不是？」

聽圭一這麼講，女生硬生生地將嘴邊的「是」給吞下，艱辛而生澀地「嗯」了一聲，看來她也還不太習慣和男生說話。

「我叫小坂圭一，妳叫什麼名字？」

圭一其實並沒想太多，然而對方卻在聽到問句後一瞬間渾身僵硬。奇怪，到現在為止兩個人聊得還蠻愉快的啊？難道這女生只是對我客氣，到現在為止的氣氛只是我一廂情願的假象？

「……啊，對不起，我好像問太過了。」

沉默了一小段片刻後圭一跟她道了歉。而她卻突然將手伸到包包裡掏了一陣，拿出了一張定期車票夾。

她從車票夾裡好幾張卡片裡小心挑出自己的學生證，似是有些心虛地，邊留意圭一的反應邊將學生證遞到他眼前。

姓名欄上寫的是：

「權田原　美帆」

儘管沒有惡意，但圭一還是連忙憋住了笑意。就像長年以來為自己「軍武宅男」的部份感到自卑一樣，這女生一定也為這個名字吃過不少苦吧。

「……好……好有男子氣概的姓喔，好像戰國時代的武將似的。」

硬吞下笑意之後，這句好不容易從嘴裡擠出來的感想到底妥不妥當，其實自己也完全沒有自信。

「這名字從我小時候起就一直被周圍的朋友虧，進大學以後馬上被同學取了『小權』這樣的綽號，只要去參加聯誼，自我介紹的時候大家也一定笑成一堆……」

發笑的那些人多半也沒有惡意（正如同圭一），可是每被笑一次，這位「小權」

一定也是多受一次傷吧。而且同時還得逼著自己和大夥一起笑。

「剛進大學的時候，我其實是希望從此大家能叫我『美帆』的，可惜這計畫失敗了。」

邊這麼說著，小權將學生證收回包包。

為了打破此刻的尷尬氣氛，圭一也決定坦白自己的過去。

「剛進大學的時候其實我也有跟妳類似的打算。從前因為自己是『軍武宅男』的關係一直被周圍的女生嘲笑，所以想說今後絕對不能讓別人知道我的嗜好，然後好好交個女友享受大學生活，沒想到剛剛沒兩下就露出馬腳了。」

「啊，不希望被人家知道你軍武宅的這個部份，請不需……別擔心，我不會說出去的。」

說到一半會停頓一下，大概是因為剛才要她對我講話別太拘謹吧。

「唉呀！一聊到自己喜歡的領域，不知不覺就會開始扯起長篇大論。這是宅男的天性，藏不住的啦！」

「我……我煩惱的又不是這種想藏就可以藏得住的問題……」

唔！好可愛呀！

小權嘟起嘴巴微微表示抗議。

「只要我沒嫁出去，這個姓就會一直跟著我呢。」

「對齁……不好意思，妳煩惱的問題的確比我要深刻多了。」

「啊……並沒有要怪你的意思啦，我才該跟你道歉呢。」

講到這裡兩個人又開始陷入沉默。圭一再次主動試著打開僵局。

「除了剛剛的直昇機以外，你今天還看到了什麼其他特別的東西？」

「三隻大蘇俄牧羊犬！」

小權想也不想就回答道：

「今天一大早搭乘往學校的電車時看到的，有一對老夫婦，同時牽了三隻在散步。」

這麼說來，小權有選修週六的第一堂課了。今天第一堂並沒有包含必修科，所以她選的一定是自己想修的課吧？看來小權也正如她給人的印象，是個認真的好學生。與心不甘情不願，無奈地勾選週六第二堂必修科（也就是那個顧人怨教授的課）的圭一大不相同。

「蘇俄牧羊犬……是不是高高瘦瘦很大隻的那種？」

「對啊，光一隻就已經很顯眼了，還一次牽三隻。看起來都好有氣質喔！」

蘇俄牧羊犬的確是名犬，既然有辦法一次養三隻，想必飼主一定也是相當的有錢人。不過這麼俗氣的感想搞不好會被小權瞧不起，還是別多嘴好了。

當然，最主要也是因為不想讓純粹為此感動的小權掃興。

「果然今津線還是從西北站北上的比較好，我一直想說等哪天試著一路坐到寶塚站看看。平常沒事也不會專程坐那麼遠嘛。」

「西北以南的環境不好嗎？」

坐今津線時要是一直待在同一台列車上，是沒法把整條今津線從頭到尾坐完的。以西宮北口站為界，乘客必須要穿過車站二樓的中央大廳才能搭上繼續往南下行的列車。西宮北口以南其實只有兩站而已，圭一從來沒去過就是了。

「並不是環境好不好的問題。我現在寄宿的親戚家就在阪神國道，不但離JR近，交通也便捷。要是一路搭到終點今津站，還能直接轉車到阪神，那一帶店家又多又齊，出門購物也相當方便呢。只是過了西宮北口以南，就全部變成高架鐵路了。想要發現特別的景色，畢竟還是在地面上的路線比較容易找到。」

聽完後圭一一邊點頭一邊虧小權說：「不是要妳講話別太拘謹嗎？」滿臉通紅的小權趕緊修正：

「要想看些啥……啥特別的，還是在地面上跑的電車才……才好找咩。」

「哎唷！你饒了我啦，平常周圍都只知道拿我的名字開玩笑，我到現在都還沒什麼機會跟男生好好講話呢！更何況是像你這麼帥的男生……」

……不會吧……說我帥？

「我這輩子從來沒被人說過長得帥耶，要比沒異性緣我可不會輸妳，從國中高中時代就一直被當成軍武宅男嘲笑，長這麼大還從來沒交過女朋友說。」

「那……可能是我的審美觀有毛病吧……」

「妳也稍微反駁一下嘛，這麼乾脆就承認我豈不是很沒立場……」

「唉呀！對不起對不起！我也從來沒有交過男朋友啊！」

這女生真好逗，而且好可愛喔。圭一的內心已經開始小鹿亂撞了。

不知不覺間，圭一將頭上的耳機掛上了脖子。與耳機流出來的音樂相比，和小權東聊西扯要開心多了。

「小坂同學應該不是關西人吧？我是長崎出身，你呢？」

小權第一次開口問關於自己個人的事，這應該可以解釋為對方也跟我聊得蠻開心的吧？

「我從廣島來的，現在住西北，得騎腳踏車一小段路就是了。」

人家只問了出身地而已，自己卻連現在住哪都報了出來。倒也不是圭一得意忘形，而是因為在剛剛對話中，小權也已經先講了自己現在的住處。

「不會吧？西北的房租不是都很貴嗎？」

「沒辦法，我太晚開始找了。不過若是離車站稍遠些，騎個十分鐘腳踏車的話還是有些不算太貴的房子啦。只是已經很靠武庫川那一帶就是了。」

從西宮北口往梅田方向的鐵路橫跨的第一條河流就是武庫川。阪急車站對住在武庫川兩岸的當地人來說距離太遠，交通相當不方便。不過學生們大多都騎腳踏車去車站，對於小城市長大的年輕人來說，這點距離不是太大的問題。

「啊！那邊離我住的地方也不遠嘛！」

小權既然會這樣覺得，成長環境大概也跟我差不多吧？

「要買東西的話在車站附近買就好，更何況公寓附近也有超市。」

「哇！你還會自己煮飯喔，真了不起！」

「沒那麼多錢天天吃外面嘛，三不五時就去書店翻《ORANGE PAGE》，這雜誌介紹的食譜大多都花不了什麼錢。不過我常做失敗就是了。」

「還是很厲害啊，像我三餐都是請阿姨張羅的呢。」

聊著聊著電車也穿過了終點站前最後一個平交道。雖然還想再多聊一下，但準備下車乘客漸漸開始往車門靠近。圭一不經意地幫小權擋住了靠向車門的人潮，靜靜等著列車進站。

終於，下一站就是今津線（在某個程度上）的終點站「西宮北口」。

西宮北口站

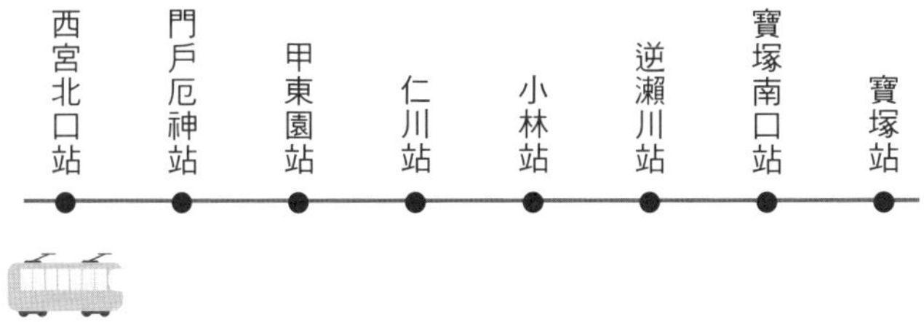

對阪急鐵路來說，西宮北口站算是一個頗有規模的交通要點。往三宮（神戶方向）與往梅田（大阪方向）的兩線月台並列於東西兩側。西宮北口以南，通往今津站這條多出來的短尾巴則向南往下延伸，另外還有北上往寶塚方向的列車，西宮北口站總共設了四個月台。到站的乘客們得先上到二樓中央大廳後，再各自走去要轉車的月台。而不需要轉車的乘客則可穿過大廳直接出站。

若是坐上往梅田的電車，中途經過的十三站則是比西宮北口還要龐大複雜的中繼車站。不但可以從這裡坐往京都，其他更有好幾條通往各個地方區鎮的鐵路。

或許是一個人、也可能是三兩好友、成對的情侶，更說不定是攜家帶眷或是工作夥伴。形形色色的身份與各式各樣的組合，各自邁著快步，穿過西宮北口站的大廳。

在這裡來來去去的每一個人，都背負著屬於自己的故事。

儘管並沒有特別趕時間，當電車進站後門打開的那一瞬間，翔子還是被大量向外湧出的乘客給推出了月台。

正要走向通往中央大廳的樓梯時，背後突然被重重地撞了一下。腳下穿的細跟高跟鞋撐不住這道衝擊，當場摔了一跤。而拎著的紙袋也被撞得脫手落在地上，發出清脆的破裂聲。

「喂！趕什麼趕啊！」

一時站不起來的翔子不禁怒吼。那個穿著西裝的胖大叔一邊回頭喊著：「歹勢啊！」一邊繼續向前擠去。大概是真的很趕時間吧，別說是沒回來好好跟翔子說聲道歉，胖大叔一路上又急急忙忙地撞到好幾個人，繼續引來一串罵。

「真是的，搞什麼嘛！」

周圍的乘客也沒人上來扶一把，就這麼默默地從翔子身邊路過。翔子氣得直想跺腳，竟然在情敵和自己前男友結婚的這一天碰上這種鳥事。好不容易在小林站換得了一點好心情，這下子火氣又被勾上來了。

雖說是未婚夫跟人家跑了，但自己畢竟是為了私怨才跑去破壞人家的婚禮，該不會是因為這樣而遭到天譴了吧？不過比起我來，那對狗男女才更應該遭到天譴不是嗎？

翔子慢慢站起身來，腳上傳來一陣疼痛，看來是膝蓋給摔傷了。

「妳不要緊吧？那人真過份！」

抬頭一看，一群高中女生正站在自己面前，還幫忙撿回了剛才脫手摔出去的禮品袋。不用說，正是不久前坐在同一節車廂，因大聲喧嘩而飽受大人白眼的高中女生。

「撞倒了女生就這樣跑了，真差勁！」

其中一人還對著胖大叔消失的方向做了個大鬼臉。

同車的那些所謂「大人」們，沒有一個過來扶自己一把。而這群女生不但過來關心自己，還幫我撿回了摔出去的紙袋。

究竟是哪一邊的品德比較高尚呢？翔子覺得蠻諷刺的。自己剛剛在電車上也曾覺得她們礙眼，這下更是微微地感到愧疚。

「裡頭裝的東西好像破了耶。」

站在面前的女孩輕輕晃了晃遞過來的紙袋。

「要不要去跟站務員說一聲？」

「謝謝妳，不過不要緊的。」

接過紙袋的翔子對著女孩笑道：

「也不是什麼好東西，破了也沒什麼可惜的，謝謝妳幫我撿起來。」

月台已經沒剩下幾個人了，翔子也不想多耽誤這群女孩的時間。

送走了親切的高中女生們之後，翔子靠在月台欄杆邊打開了紙袋。

沉甸甸的紙盒外包了一層印著兩家姓氏的和紙，紙盒裡則裝著一套咖啡杯組。上頭印著的浪漫可愛圖案，正反映出了那女人的個性。與翔子的品味天差地遠。

新郎在還是自己的未婚夫的時候，也曾邊翻著禮品目錄邊對這調調的禮品嗤之以鼻：

「怎麼會有人去挑這種東西嘛……」

那傢伙的品味從什麼時候也開始變成這樣了呢？

五個杯子裡破了四個，就算是沒破，這套禮品也跟自己的興趣完全不合，實在沒必要把這套垃圾帶回家。

翔子將碎掉的杯子全部取出，用拿來當填充物的再生紙，一個一個細心地包起來，與沒用完的廢紙跟紙盒，分別丟進了站內資源回收箱和垃圾桶。

這麼一來，上至專程買來當做「戰甲」穿的純白洋裝，下至喜宴上的禮品，為這場婚禮所準備的，以及所有來自於這場婚禮的東西，終於被自己清得乾乾淨淨。

「回去吧！」

在空無一人月台上，翔子往外邁開了腳步。從早穿到現在的高跟鞋，照理說應該為雙腳累積了不少疲勞才對，然而踏出去的步伐卻似乎輕快了不少。就算只是錯覺也好，趁著這股錯覺還沒消失前早早回家吧，距離自己住的茨木站還有好一段距離呢！

翔子邊這麼想著，邊朝通往中央大廳的樓梯走去。

既然下定決心就別再拖拖拉拉的了！

因為聽了「小悅」那群高中女生的閒聊，直到剛才還在搖擺不定的心情，此刻已不再有任何猶豫。

美紗靈巧地在擁擠的人群中穿梭，快步朝通往大廳的樓梯走去。

克也雖然在仁川把美紗丟下來，一個人跑去買馬券，不過這時候賽馬場也沒剩下幾場比賽了。美紗並沒有太多時間可用，得趕在克也回去之前把自己的行李搬回去才行。

克也住在六甲，離西宮北口還有五站。

除了盥洗用具外，還有我買的廚具，以及放在他家的衣物……看來今天帶的包包絕對塞不下，順道去超市買個環保袋來裝好了。

唔！有殺氣！轉過頭去一看，一位看來土土的西裝大叔正在人群中東碰西撞一路往這裡殺過來。幸好事先注意到了對方，因此避得很從容，沒有被大叔撞到。

「喂喂喂！」「搞什麼啦！」

在踏上階梯前，美紗突然想起小悅那群人。

雖然美紗與那群高中女生毫無交集，表面上也僅止於「同一輛電車的乘客」這樣的關係，然而畢竟是託她們的福，自己才終於能夠下定決心，切斷與那老婦人口中「爛男人」間的關係，要是就這麼在人群中和她們失散了，心裡還是有些不捨的。

才在這麼想著呢，馬上就聽到一陣熟悉的嬉鬧聲。在後面的那群高中女生一下子就趕過了美紗，蹦蹦跳跳地跑上樓梯。

「喂！妳要買幾球？」

「當然是三球！現在正在半價優惠耶！我要『焦糖緞帶』和……」

「啊！妳不是說要減肥？」

「明天再開始減！」

很明顯的，丫頭們的話題已轉到車站購物中心裡的冰淇淋店。現在正在半價啊……這倒是個好消息，不過今天實在是沒閒工夫去貪吃冰淇淋了。

要是給買完馬券回到家的克也撞見，那事情就真沒完沒了了。

「小悅，男朋友的生日禮物妳打算怎麼辦？」

「吃完冰淇淋陪我去無印良品！」

「預算多少？」

「三千！」

爸爸的三倍啊……而且還是之前挑爸爸禮物時捨不得去的無印良品。

前兩天從電視看到了當今高中生零用錢的平均額度，記得最多的是五千圓。不管是從五千裡拿出來的三千，或是花時間存起來的三千，小悅儘管在朋友面前把自己的「笨男友」虧得這麼慘，但很顯然是真心喜歡人家的。

我也不能輸給她。

美紗無言地跟在那群高中女生的後面，看著她們上了中央大廳，往剪票口的方向走去，然後目送她們離去。

我的下一段感情，一定也要談個不用再壓抑自己的戀愛，就算是教一些對方不懂的事，也不需要擔心害怕對方翻臉的戀愛。

謝謝妳啊，小悅！

美紗步上了駛往神戶列車的月台。

今津線在進西宮北口站之後，會先開啟右側的車門，約半分鐘至一分鐘後才會打開左側的車門。由於靠左的車門是乘車門，乘客們早在電車進站前就已經排好隊等著上車了。

同時車上還是有許多乘客準備從左邊的車門下車，而因為圭一和小權就站在門邊，只得一路忍受著滿車乘客往車門靠近的壓力，靜靜等著列車進站。

就在門打開來那一瞬間，兩人自然而然最先被擠出了車門外。儘管自己也被身後人潮推得跌跌撞撞，圭一還是不忘幫小權擋著，不讓周圍的人潮推到她。

「妳剛說妳住阪神國道？」

「嗯，小坂同學你是在這裡下車吧？」

儘管已到了相互道別的時候，但總覺得就這樣各自回家怪可惜的。難得兩個人在車上聊得這麼開心，而且小權不但長得可愛，個性也相當有趣。

雖然是同一間大學的同學，但除了一門必修以外，也不知道她還選修了些什麼課，這麼大個校園天曉得什麼時候才能再碰到面。而且就算是真的在校園巧遇了，她多半也是和其他同學走在一起，自己鐵定沒那個膽子主動開口打招呼。就算是被當成有企圖也好，至少希望能在這裡先和小權交上朋友。

「我說……美帆哪……」

圭一賭下去了，既然希望周圍的朋友都能叫她「美帆」，那就這麼叫看看。果不其然，小權瞪著一雙大眼睛直盯著自己看。

「不好意思……因為妳說進了大學以後，希望同學都能這麼叫妳……妳會不會生氣？」

小權……不，美帆搖了搖頭……

「沒這回事，只是嚇了一跳而已。我很開心呢，不過畢竟太突然了，還是會有點不好意思。」

引發出來的情緒反應似乎頗為複雜，不過至少沒有在生氣。鼓起勇氣賭下去畢竟是值得的。

「妳的定期票要是在阪神國道之間都有效的話，要不要跟我在這裡出站？最近在這附近發現了蠻有趣的景色……如果妳有時間的話啦……」

「我有時間！」

純粹是因為好奇心旺盛嗎？還是美帆其實也捨不得跟自己分開呢？如果是後者的話就太好了。

可能的話，希望能至少撐到約她去喝杯茶，最好還有機會可以交換手機號碼……邊這麼想著，圭一就配合著美帆的腳步走出了月台。

「喏，就那個。」

出了剪票口以後，兩人沿著通往購物中心的步道走去。就在繞過兩棟大樓的轉角處，圭一靠向欄杆，指向一棟白色建築物的屋頂。美帆把身子探出欄杆，順著圭一手指的方向看去。

「哇！」

「蠻意外的吧？」

乍看之下毫無特別之處的大樓，樓頂上竟然立著一門赤紅的鳥居。

「為什麼樓頂上會有鳥居?難道上面蓋了庭園嗎?」
「看起來也沒有,只在樓頂周圍拉上了鐵絲網而已。從這兒看過去一點植物的影子也沒有,要是有蓋庭園的話,總會看到些花花草草的吧?」
「不然屋主一定是個很虔誠的人,大概是買下的地段原本有間神社,改建了大樓之後把神社直接移到樓頂之類……哎唷……好想知道是怎麼回事喔!」
美帆抱著頭苦惱一陣,然後轉向圭一說道:
「反正也沒多遠,找時間一起去那棟大樓直接問問看好不好?當然不是說現在啦。」
「看不出來……美帆妳還蠻大膽的嘛!」
無意間吐出口的感想,似乎讓美帆有些尷尬。
「只有一個人的話,我大概也不敢去問,不過要是身邊多一個人壯膽就不一樣了。」
「不會吧,拿我來壯膽喔?」
「拜託你啦!」美帆對著自己行了好大的一禮,邊低頭邊拚命強調「有時間的時候就好,只要是這一陣子都行!」美帆拚命的樣子也怪有趣的。
「我既怕生,膽子又小,就算真的陪妳去了,到時候很可能也就只是當跟班而已喔。」

「嗯，只要身邊有個人在，我通常都還蠻敢問的。所以你真的只需要待在旁邊就可以了。」

「我懂了，那就找個時間一起去問吧！」

會找的時間，自然也就是美帆做好心理準備，鼓起勇氣的時候了。

「一天下來，妳打算把特別獎頒給哪一個景色啊？」

圭一扶著欄杆不經心的一問，再度讓美帆陷入苦惱。

「唔……剛才的直昇機實在很難得……不過鳥居也好特別……今天這兩項並列第一名好了。」

「那……為了獎勵我幫妳多送出了個第一名……」

圭一的舌頭突然有些打結。畢竟這輩子從來沒對女生講過這種話，不過在這種緊要關頭吃上螺絲，還是讓圭一覺得很不堪。

「可不可以跟我交換一下手機號碼哩？」

聽完這句話，美帆的臉瞬間燒得飛紅，趕緊拿兩手蓋住雙頰。

「對……對不起……我反應過度了！不好意思，我實在很少跟男生講話……我知道你沒有什麼別的意思啦，只是我自己在亂緊張……朋友嘛，我曉得你只是說交朋友……當然啦，一點問題也沒有！」

再加把勁啊，圭一！就差一步了！

拜託這回別再吃螺絲了啊！

「也不是說非得是朋友不可啦……對我來講不是交朋友還比較好……」

緊張得手忙腳亂的美帆這下也呆住了。

「呃……你是說並不想跟我交朋友嗎…？」

「可以的話我是希望能跟妳交往啦……看能不能當成是今天的最大獎……」

「可……可是我去參加聯誼的時候，從來沒有被人要過電話……」

「那種場合看不出妳的優點啦，聯誼的時候妳應該都是繃得緊緊的，一句話都不敢說吧？」

圭一口中的推測，其實也是自己被拉去參加聯誼時的寫照。

「兩個人到現在都沒有談過戀愛，這樣不是正好嗎？反正大家都沒經驗，沒必要逼著自己擺酷或裝可愛……」

美帆的雙頰燒得像隻章魚似的，嘟嘟囔囔了一陣「那麼……呃……」之後，對著圭一鞠了一躬說道：「那就請你多多指教了。」

圭一也站直了回道：「也請妳多多指教。」這樣的開始實在是有點莫名其妙，不過畢竟是個好的開始。

「找個地方坐坐，順便交換一下電話號碼吧。」

聽到圭一這麼說，美帆似乎想起了什麼。

「啊！我知道有個好地方！這裡的購物中心不是有美食區嗎？聽阿姨說最近新開了一家好好吃的章魚丸子店！」

這下圭一實在是忍不住了，噗的一聲笑了出來。

紅通通的章魚美帆竟然會提議去吃章魚丸子，這不是同類相食嗎？

「呃……不好嗎？那裡不但有免費的飲水機，位子也蠻多的，我想說在那邊也不用太擔心時間說……」

怎麼聽都是偏向主婦消費群的生活資訊，至少絕對不該是一個年輕女生會提供的建議。不過跟美帆的個性搭在一起，其實也並不太突兀。

「而且難得到了關西來，總想去吃看看道地的章魚丸子嘛……啊，不過這應該算是我們第一次約會耶？會不會太沒氣氛了……」

「不會啊，我也一直還沒機會見識見識關西的章魚丸子哩！」

和章魚美帆的第一次約會，就是一起去吃章魚丸子，看來這會是一個很難忘的初次約會紀念日。

從寶塚出發的電車，一路上接送了無數的乘客，此刻終於抵達了西宮北口，準備換另一批乘客上車。不久後，月台即傳出催促乘客上車的鈴聲。而列車也總是會寬容地接納一兩位硬趕上車的乘客才闔上門。

今津線再度滑出了月台，從西宮北口往寶塚的這段路上，究竟又會上演什麼樣的故事呢？這也只有每一位乘客自己才知道了。

承載了多少位乘客，就等於乘載了多少個故事。滿載著故事的阪急電車，繼續沿著軌道向前駛去……

接著，列車折返……

往寶塚方向 ▶

西宮北口站

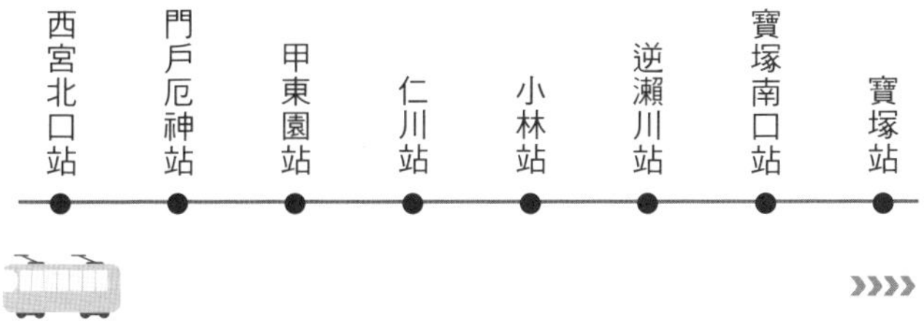

與城市脈動緊緊相扣的今津線，最擁擠的尖峰時間就是一早的上班上課時間以及傍晚時段。

上午往西宮北口的列車總是被人塞得滿滿的，而傍晚之後則相反，大多是擠在北上往寶塚的方向。而每到週末，晚上末班車之前，月台的人潮幾乎可與平日早上的尖峰時段媲美。

不過呢，週六大學的第二堂課剛下課這個時間，倒是不怎麼擁擠。美紗從神戶線下車，穿過二樓的中央大廳，走向今津線往寶塚方向的月台。

下了月台剛好碰上電車進站，空蕩蕩的還沒有別的乘客上車。看到整排的空位等著自己選，美紗自然而然會想要挑個好位子坐。

大部分人在這種時候應該都會挑座椅的兩側，也就是最靠近車門的座位。正好第二節車廂靠門邊的位置還空著，美紗便在這個位子坐了下來。離列車出發之前還有一陣子，這段時間陸陸續續有別的乘客上車，座位也一個接一個地被填滿。

「伊藤太太！伊藤太太！快點快點！這裡還空著。」

身邊突然傳來令人忍不住皺起眉頭的大嗓門。一群渾身光鮮華麗的歐巴桑，正從隔壁車廂殺了進來。這四五位歐巴桑全都掛著亮到扎眼的首飾，並披著顏色鮮艷的毛皮大衣，而每個人手上拎著的，更是大學女生們個個憧憬渴望的名牌包包。

那位伊藤太太原本還在前一節車廂慢慢找位子，聽到同伴的叫聲似乎嚇了一跳，連忙趕到這一節車廂來。而剛才叫伊藤太太過來的那群歐巴桑，有幾個已經在美紗對面的位子坐了下來。

要命……看來挑錯位子了……這群歐巴桑一定很吵……

就在美紗這麼想的時候，一位年輕小姐正準備在她身旁的空位坐下。是一位讓人忍不住多看幾眼，洗練又有個性的都會美女。

就在這位小姐彎下腰來，屁股還沒坐到椅子上的那一瞬間，令人不敢相信的事情發生了……

「嘿咻！」

剛才大喊伊藤太太的那個歐巴桑，竟然在這位小姐坐下來以前，將自己的名牌包包丟到美紗旁的空位上。

由於發生得太突然，美紗跟這位小姐都來不及反應，兩個人都只是直直盯著座位上的包包看。

——這是在搞什麼？

歐巴桑同伴發出了一陣笑鬧：「不會吧！」「妳很誇張耶！」儘管嘴巴上說「很誇張」，但是從她們的笑聲就可以聽出來，這群歐巴桑完全沒有任何罪惡感。而直到這個時候，美紗也才終於搞清楚發生了什麼事。

為了替伊藤太太守住美紗身旁的……正確來說應該是從年輕女子那裡「搶來的」這個空位，不惜將名牌包包丟到位子上去。

「快點快點！我幫妳佔好位子了！」

伊藤太太匆匆忙忙從隔壁車廂趕了過來。和其他歐巴桑一樣，一身華麗的洋裝並拎著名牌包包。不過外套倒和其他人不同，是頗為樸素的米色毛料大衣。

「妳們……」

妳們怎麼可以這樣搞！

就在美紗要破口罵出聲來的時候，位子被搶走的女子不經意地對著她搖了搖手，只帶著笑意小小聲地說道：

「真糟蹋了這名牌包。」

一時之間也不知道該怎麼回應才好，美紗只得用力點頭表示同意，同時間女子就在伊藤太太趕過來之前直起了身子，轉身走向下一節車廂。

這位動作比其他歐巴桑慢半拍的伊藤太太，一邊說著對不起，一邊將拾起的皮包還給了同伴，並戰戰兢兢地在美紗身旁坐下。

喂喂喂！有沒搞錯啊！妳應該對剛剛離開的那位大姐道歉才對吧！按不住情緒的美紗將怒氣全寫在臉上。為了讓自己冷靜下來，她低下頭從把課本從背包裡翻了出來。

「沒什麼啦！小事小事！」

剛剛那個丟皮包搶位子的歐巴桑，竟然像沒事一樣這麼笑著回答。

死阿婆妳還真敢說！美紗終於忍不住了，用含著惡意的語調低聲罵道：

「太誇張了，真是沒品的歐巴桑！」

聲音雖然傳不到對面的位子，但是身旁的伊藤太太絕對聽得清清楚楚。

美紗已經打定主意了，要是對方為這句話做出抗議，馬上槓回去跟她吵個痛快。只不過伊藤太太僅偷偷瞄了美紗一眼而已，沒做出任何反應。

歐巴桑們的話題開始在等一下要去吃的寶塚餐廳上打轉。一聽就知道要價絕對不便宜，既然會在週六選擇這家餐廳的午間套餐，她們想必擁有一定程度的經濟能力。

有錢又怎麼樣，妳們這些人長這麼大，一定沒有被人好好兇過吧！就像當年那個罵我的陌生阿公一樣……

美紗從上國中起就每天搭電車上學。

早上擠得跟沙丁魚罐頭似的車廂裡雖然不可能有位子坐，不過放學時間若是趕對了時機，倒是可以和同學真由美一起一路坐回家的。

至於什麼時候才是對的時機呢?那就是不需要當值日生的時候。

若是一放學就走去車站,這時候進站的普通列車通常都蠻空的,要找到兩個女生坐的位子並不太難。然而若是延到下一班車,那車上就會擠滿從前一站的學校下課的學生,完全輪不到美紗她們的份。

剛開始的時候,要是有人得當值日生,那兩個人就都放棄去搶位子。也不記得是誰的主意,過沒多久,兩個女生就想出了無論什麼時候,都能兩個人一起佔到電車座位的好辦法。只要不用當值日生的人先到車站去佔好兩個位子,另一個在掃完地後用跑的趕去車站,就正好可以趕上那班電車出發。

由於值日生一定是快要電車出發前沒多久才能趕到,所以會佔的一定是離剪票口最近的車廂靠門邊的位子。

從此以後,兩個人中只要有一個留下來當值日生,另一個就會早早趕到車站去佔那個特定的座位。

靠門邊坐下後,把書包擱在自己旁邊的座位上。三不五時還不忘摸摸書包、並轉頭對著剪票口探頭探腦,表現出讓人一看就知道是在等人的樣子。

想到當時周圍有那麼多人看著自己耍小聰明的德性,美紗簡直羞到想挖個洞把自己埋起來。

「妳在搞什麼啊！」

站在眼前的阿公突然這麼開口問道。由於完全沒意識到那個「妳」指的是自己，因此一時之間還是繼續盯著剪票口看。

「喂！我在說妳啊！在椅子上放書包的！」

講到這麼明顯了，美紗才終於搞清楚人家是在對著自己說話。

轉過頭來，一位個頭小小的光頭老爹正站在面前，惡狠狠地低頭瞪著自己。

咦？怎麼了？這阿公是怎樣？他在說什麼啦？

這年紀的女生，多少總會習慣性地反抗長輩，更何況是路上不認識的阿公，然而在這充滿怒意的眼神下，美紗的內心不到半秒鐘就舉白旗了。

「車上擠成這個，為什麼還讓書包佔著一個人的位子！」

「呃……這書包是我朋友的，她馬上就到了……」

「這算啥理由！看看有多少人比妳朋友早上車，卻因為妳那遲到的朋友而沒位子坐！哪有這種道理！」

別這麼大聲啦……周圍都在看，好丟臉的說……美紗怯怯地往周圍瞄了一眼，不自覺地將身子縮了起來。

「沒有必要被罵成這樣吧……」「都這把年紀了，幹嘛對一個學生這麼兇嘛……」

原以為周圍的人也會覺得這阿公囉唆，然而乘客們帶著譴責的目光，卻像利劍般全部集中在自己身上。沒有一個人對自己投以同情的眼神。每一雙眼睛都明顯地表示，他們與阿公站在同一陣線。

美紗也不是不懂事的小孩，這時候也明白了，這位阿公其實只是把大家心裡想的話說出來而已。

好丟臉……不是因為被全車乘客盯著的關係，而是因為被盯著的理由而感到丟臉。這節車廂裡有沒有我們學校的學生呢？車上該不會坐著同班同學吧……？

「我朋友……當值日生得打掃完才能走……所以會很累……」

「那妳不會把自己的位子讓給她喔！還狡辯！」

自己也很清楚，這種藉口只會讓自己更顯得不堪，但在那個當下，不回點什麼理由實在是撐不下去。但果不其然，被阿公一句話就頂回來了。

不用指望會有和事佬出來幫自己打圓場了。長久以來被自己視為「妙計」的方法，究竟給周遭的人帶來了多少不便，美紗終於明白自己在別人眼中有多麼的惹人嫌。

「久等啦！謝謝妳幫我佔位子！」

剛趕上車的真由美完全沒發現周圍異樣的氣氛，而那位阿公也回頭往真由美看去。

「妳就是那個『朋友』？」

還搞不太清楚狀況的真由美，靠向美紗問道：

「美紗，這阿公是在幹嘛？」

原本是打算小小聲問的吧，不過真由美的嗓門太大了。

「我才要問妳們是在幹嘛！整天只知道耍這種小聰明！」

阿公的怒吼像打雷似地一道劈下來。

「車裡擠成這樣大家都想坐，妳們竟然還拿書包幫還沒上車的人佔位子！學校是怎麼教的啊！」

啥！這阿公有沒搞錯啊！就在真由美嘟起嘴來，準備要頂回去的時候，阿公接著說了：

「哪間學校的小鬼，說出來聽聽！」

被告到學校去事情就大條了！美紗唰地站起身來。

「下車吧。」

將書包往真由美一塞，對著阿公低頭一鞠躬：

「對不起，今後我們會注意。」

與其說是道歉，語氣倒比較接近放話。不過好歹算陪過不是了。此時真由美也終於意識到來自周圍乘客的白眼，心不甘情不願地和美紗一起低頭道了歉。

像逃命般跳出車廂的兩人，在月台的椅子上坐了下來。沒過多久就聽見發車的警鈴，闔上門的列車緩緩地滑出了車站。

一直到電車出發了，依然沒有一個人去坐美紗幫真由美佔的那個位子。

「出站以後，老頭鐵定會在那位子坐下來！」

真由美憤恨地朝地板空踹了一腳。

「自己想坐，就故意找我們麻煩！」

兩人心裡多半都很清楚，其實不是這麼回事。

無論是開罵的阿公，還是周圍乘客的眼神，一切都已經很明顯了。

「我才要問妳們是在幹嘛！整天只知道耍這種小聰明！」

一個禮拜總有兩三天會互相幫對方佔位子，這段時間裡不知道已經有多少乘客對美紗她們的行為看不過去了。

自以為是妙計，然而對其他人來說卻是不入流的小手段。就這樣赤裸裸地在公開場合、眾多目光之下，被狠狠刮了一頓。

兩人至今為止的舉動，或許早被這班電車的乘客看在眼裡了，那位阿公毫不留情地將事實攤出檯面劈頭痛罵，讓美紗與真由美丟臉丟到簡直無地自容。

「一定是因為那老頭自己想坐啦！」

真由美還在一旁氣沖沖地嘟嘟囔囔，美紗也很明白真由美的心情，因為其實自己也在逞強。

要是這個時候不努力說服自己「其實是對方理虧」，兩人的眼淚早就已經掉出來了。此刻她們的心裡充斥著挨陌生人罵的恐懼、被大群乘客白眼的羞愧、因自己的不成熟而感到的難堪……還有一點點擔心被告狀到學校的不安。

當然，車上的乘客不可能知道她們的姓名，不過要是在學校的朝會上，聽到台上的老師說道：「我們接到附近居民如下的投訴……」光想像就已經讓人羞愧到想死了。

「以後還是別再互佔位子了吧。」

美紗開口說道。

「被多管閒事的人碎碎唸也怪討厭的。」

最後還不忘追加了這一句，真由美聽完也默默點了點頭。

對她們來說，這是當時所能做到的最大反省了：「我們雖然不覺得自己有錯，不過老頭子囉唆起來實在很煩，那以後我們不要這麼做就是了。」

正處在青春期的兩個小女生儘管明知理虧，但敏感的她們不允許自己將這部份毫不保留地表現出來。然而內心裡的罪惡感是很誠實的，自那一天起，她們再也不敢坐那節離剪票口最近的車廂回家。而無論是電車還是公車，兩個人從此再也不會把行李放在座位上了。

而不知道是從什麼時候開始，她們開始擺出一副「打從一開始就知道，拿行李佔位子是很沒品、很缺德的行為」的姿態。儘管是在挨了老阿公的罵那天之後才痛改前非的，不過兩個人都很有默契地不去觸及這個部份。

然而美紗和真由美都很明白，自己是託了那位阿公的福，才有了這份辨別是非的能力。

因此現在才有能力去對那個丟皮包佔位子的歐巴桑感到不齒。

「真是糟蹋了這名牌包。」才有辦法與那位留下這句話後，瀟灑轉身離去的小姐產生同感。

自己進的大學是沒啥名氣的女子大學，在班上的成績也不特別出色。一旦碰上考試，每次都是靠著周圍好學生的幫忙才勉強低空飛過。這群歐巴桑當沒事一樣擱在腿上的名牌包，隨便一個都不便宜。照自己的經濟能力來看，多半得等到大學畢業進社會後，忍著不去逛街購物，省吃儉用好一段時間，直到拿年終獎金後才狠得下心入手。

雖然不如她們有錢，但和那種會丟皮包佔位子的沒品歐巴桑至少不是同一掛的。這對此刻的美紗來說是一份小小的驕傲。

這麼一想，我還真被周圍的陌生人幫了不少次哩……

實在是不願再去回想，那個前前後後花了半年才終於斷乾淨的前男友─克也。會決定和他分手，也是因為那位老太太的一句話：

真是爛男人。還是分了吧，不然可有得苦了。

原本是開開心心出門去找兩個人未來一起住的房子，在路上克也卻因為一點芝麻蒜皮的小事大發脾氣。將拼命道歉挽留（現在回想起來，美紗根本沒有跟他道歉的必要就是了）的美紗甩在一邊，被甩下的美紗差點因站不穩而摔倒在路邊，而克也卻頭也不回出了車站一個人跑去賭馬。

我已經累了。

這樣的生活已成了家常便飯，連難過、悲傷這類的感情都幾乎要麻木了。

失望、空虛、無力感……

兩人的關係裡，除此之外已經一無所剩了。而一語點破這個事實的，竟然只是偶然坐在同一節車廂裡的陌生老太太。

可不是嗎，還真是個爛男人……美紗因為這句話而突然清醒了過來。情侶在電車上因不痛不癢的小事起口角，倒也不算什麼稀奇的事。然而吵到會公然在電車上對女友惡言相向、放狠話，甚至踹車門洩忿，這就絕對不是世間的常態了。也因此在電車上大小聲的克也、以及在一旁沉默的美紗才會在電車上招來周圍乘客的目光。

真是爛男人。

要是繼續和這種人交往下去，自己一定會每天為如何討好克也而絞盡腦汁，並且無時無刻不去在意周圍的眼神。最後就會變成那種失去尊嚴、毫無主見的女人……好險好險……想到這裡，美紗不禁撫了撫自己胸口。

分手的時候也是被鬧得不可開交，頻頻闖上門來的克也是這麼說的：「如果是由自己把女人給甩了的話還ok，但絕不容許女人把自己給甩了！」（特別是被像美紗這等貨色的女人。）

不理他的話，克也就在門外破口罵個沒完。為了不給街坊鄰居添麻煩，也只好把他放進家裡，而克也一進門就是給美紗一頓痛打。為了逃離這樣的生活，美紗只好每天隨身帶著簡單的行李，三天兩頭往不同的朋友家避難。像這樣有家歸不得的日子足足持續了將近半年。而為了不讓家人擔心，美紗完全沒讓家裡知道這件事。

這半年裡也曾試過尋求警方協助，尋求幫助的是每天回家路上會經過的警局，然而因為美紗的住址並不在管區之內，負責的員警擺出的就是一副事不關己的態度，處處敷衍了事。說是沒有證據就沒法立案處理，要證據的話就得開出診療證明。而美紗現在的生活根本不可能讓她一挨揍就跑醫院。

無法上醫院開證明的話，至少可以自己拍照存證吧？用手機拍的照片卻被闖上門來的克也發現，不但檔案刪得一乾二淨，刪完又是對美紗一頓好打。打完了還不忘撂下一句：「下次再敢給我偷偷搞這套，可不會就這樣就了事！」

可能的話真的是希望能自己解決一切，然而最後還是靠真由美的老哥幫忙才擺平了這個問題。真由美的老哥是運動健將，也是大學空手道社的副主將，和美紗也是打小就認識了。

「美紗是我妹最要好的朋友……」

把克也叫到梅田的咖啡廳時，大哥刻意讓他坐在整間店最靠裡面的位子。美紗坐在離克也最遠的座位，身旁的真由美則一副凶神惡煞的表情，狠狠地瞪著克也。至於真由美的空手道老哥，則坐在克也的正對面。臉上雖掛著微笑，但那微笑背後所散發出的壓迫感卻令人不寒而慄。

「……所以美紗對我來講也像親妹妹一樣。我是希望你別再給她找麻煩了啦，這你怎麼說？」

克也是那種只敢在女人面前耍狠的俗辣，一旦對上真由美的老哥，腰桿從一開始就沒打直過。

「沒……沒有要找她麻煩的意思啦……我……我們是男女朋友咩，平常吵吵架也是難免的啦……」

「美紗說她早想和你分了。對吧？美紗。」

美紗在一旁用力點頭說道：

「早就想分了。我再也不想挨打，也不想再聽到他在我住處外頭鬼吼鬼叫。」

真由美哥哥雙臂的肌肉一繃，爆出的青筋明顯表示他正在壓抑心中的怒氣。而克也臉上的恐懼也更深了。

「你願意和她分手吧？」

這句話不是徵詢同意的問句，而是強制性的確認。

「有啥意見的話歡迎隨時來我學校談。只要來道場說要找空手道副主將就成了。要不把我手機號碼給你吧！」

克也把頭搖得跟波浪鼓似的表示不用。

「那，為了證明你肯跟她分手，現在就把她電話號碼從你手機裡刪掉。美紗，妳也把他電話刪了。」

「哥，讓美紗把他電話設拒接來電會不會比較好？這年頭也沒人會去記電話號碼了說，要是以後這傢伙又打電話來，美紗又一時大意接了電話，那不是更麻煩？」

「要是發生這種事，我馬上出面處理。總之，現在刪了乾淨我也放心，刪！」

從頭到尾，克也連好好講上兩句話的機會都沒有，就被逼著刪除美紗的電話乖乖回去了。

克也走後，換真由美轉過頭來對美紗發脾氣：

「怎麼事情鬧成這樣也不跟我說一聲！」

「對不起啦……因為不想讓妳操心嘛……而且妳又是住家裡，我怕跟妳說了事情會傳到我家說……更何況我也不好意思讓你們為我的事情，專程跑這麼遠……」

「齁！不過是狹山而已耶！跑個幾趟算啥啦！而且這隻大魔神就住大阪市，又不是不認識，這種時候不拿去驅魔避邪等什麼時候用？」

「喂喂喂！才一陣子不見就敢對老哥喊大魔神囉！看來妳太久沒被釘了！」

「呃啊！」

雙手摀住額頭的真由美全身向後倒去。

「彈個額頭而已。哪有這麼誇張。」

「你彈人額頭的殺傷力是會出人命的，給我小心點！」

身為獨生女的美紗，從小就嚮往這種兄妹吵架的畫面。臉上也露出了許久未綻的笑容。並滑下兩行眼淚。

「大哥，謝謝你了。這事情真的困擾我好久，你能出面實在是幫了我大忙。」

真由美抱住美紗的肩膀，一邊拍一邊安慰道：「嚇壞妳了吧？沒事了沒事了……」而大哥則不知如何是好，一臉尷尬地喝起已經涼掉的紅茶。

從那一天以後，克也就再也沒出現在美紗面前了。而這也才不過是一個月以前才發生的事。

切到振動模式的手機傳出收到簡訊的通知，打開一看，是真由美傳來的：

「健吾擔心妳這陣子有沒有事，有空的話就給他個電話吧！」

健吾是大哥的名字，真由美從以前就在私底下這麼直呼自己大哥，並要美紗保密。要是被抓包，額頭又得挨好幾顆爆栗了。

「偷偷跟妳講喔，上次健吾回去以後一直跟我唸說『美紗變漂亮了』耶，那傢伙雖然是隻大魔神，不過絕對不會打女人，買了絕不吃虧。何況他整天只知道泡社團，根本不懂得怎麼交女朋友。要不嫌棄的話就當贈品送妳了啦！」

「變漂亮了」是嗎……真是的，我哪裡算漂亮啦……

回想起大哥跟克也談判時穩重的樣子，並想像這句「變漂亮了」的台詞用大哥的聲音說出來……胸口竟然有一點點小動心……

隔了那麼多年沒聯絡，一找上人家就是為自己惹出的麻煩收爛攤子，美紗覺得實在沒臉去面對大哥。

不過話說回來……健吾大哥你也變帥了嘛！

能和克也那樣的爛人如此氣定神閒地對話，感覺好有擔當喔。

再怎樣也不可能馬上把真由美的強力推銷照單全收，不過以對方是朋友哥哥的立場，買件小禮物什麼的來表達一下謝意應該不為過吧？或許也可以順便去喝杯茶也說不定。

在一個月前把克也趕跑那天，健吾大哥為了「預防萬一」，硬是將手機號碼留給了美紗。

「謝啦，這幾天有空會找時間打給妳哥的。不過妳別事先跟他講喔，我會害羞啦。」

回了真由美的簡訊後，美紗將手機闔了起來。

真是爛男人。還是分了吧，不然可有得苦了……是啊是啊，最苦的就是和這爛男人分手時所費的心力。不過現在真的很慶幸，自己能夠咬緊牙關跟他斷乾淨。謝謝妳啊，老太太！

要是有機會再見那老太太一面，美紗很想這麼親口謝謝她。國中時碰上的那位阿公也是，自己與當年那個不成熟的小丫頭不同，現在已經有能力好好跟對方道謝了。

對了，還有那幾個在電車上吱吱喳喳聊著戀愛趣事的小女生。這段時間只要一想起她們就忍不住想笑。不知道她們考試準備得怎麼樣了，希望今年的春天，大家都能笑著考上心目中理想的學校。

美紗這麼想著想著，這群歐巴桑的行為似乎也變得無足輕重起來了。

門戶厄神站

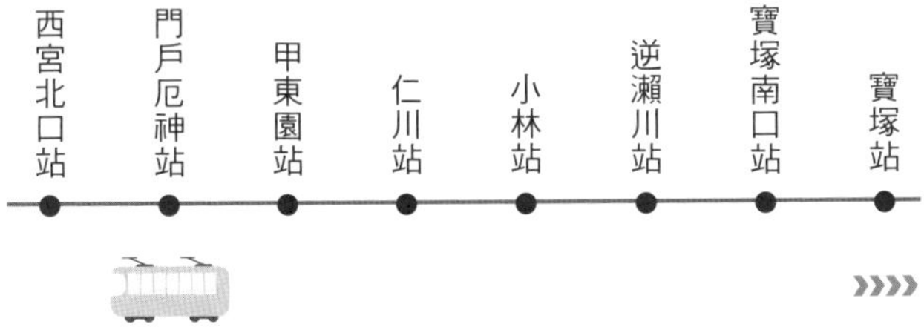

「太誇張了，真是沒品的歐巴桑！」

這句話很明顯是衝著自己……或者應該說是衝著自己這一群人來的。講出這句話的女生並不是那種文靜的乖乖牌，而是一眼就看得出平常有在注意流行的時髦女子大學生。要是自己的兒子帶了像這樣的女朋友回家，多半會得到類似「這女孩人應該是不壞啦……就是，唉唉妳知道嘛」這樣的評價，並被當成主婦間茶餘飯後的話題吧？

對一位母親來說，兒子理想的女朋友……特別是接近適婚年齡的兒子，絕不會是喜好打扮的大美女。儘管如此，對方也不能長得太抱歉，以免站在兒子身邊顯得不登對。最好是那種適合百褶裙與薄短衫、個性內向、外貌清秀，然後又不失一點點可愛的千金小姐，而且最重要的是絕不能有強烈的自我主見。

至少在自己待的這個圈子裡，大家公認的完美兒媳婦就是這種類型。圈子裡的每個人都自認為是有氣質的上流階層，每當像今天這樣集體出遊的時候，大夥總會在打扮上刻意強調上流階層的高級感。比方說：緞質與薄紗的連身洋裝、存在感十足的首飾、以及高價的名牌皮包……若這些配件是購自於梅田的百貨公司，則更能抬高一點自己的身價。

不過貨真價實的貴婦人，多半不會刻意選在打折的時候才去逛百貨吧。這圈子的主婦所嚮往的那一種人，應該都是挑平日人少的時候上百貨公司購物，並且臉不紅氣不喘地照著定價結帳才是。

更何況……

伊藤康江偷偷瞄了一眼坐在隔壁的女大學生。

一個真正有氣質的貴婦，絕對不會做出讓周圍路人罵「太誇張了，真是沒品的歐巴桑！」這樣的舉動。更何況說出這句話的，還是一個大家在私底下最瞧不起的那種年輕女生。

從隔壁車廂走過來的時候，這裡發生了什麼事康江當然也看得一清二楚。那位年輕小姐都已經要坐下來了，而帶頭的那位太太，竟然搶先將自己的皮包丟到空位上，接著周圍隨即爆出一陣沒水準的笑聲。

真是要命，實在不想在這時候被叫過去啊……被周圍的乘客看在眼裡簡直丟死人了。

然而生性內向的康江，卻沒有對那位丟皮包的太太說教的勇氣。畢竟對人家來說，這是為了動作慢吞吞的康江設想，才做出了這個舉動，拒絕了人家的這番「好意」會有什麼下場，康江已經從無數被排擠的人身上看過實例了。

「真對不起啊……」

能做的，也就是將丟過來的皮包親手還給對方。遞出皮包的時候，胃裡又傳來一陣抽痛……這陣子胃痛的次數又變多了。

說實話，今天實在不想跟她們去吃什麼寶塚的午間高級套餐。也不曉得是誰弄到了那家中國餐廳的菜單，「既然要去，當然得吃它們最貴的五千圓套餐啊！」……聊著聊著就莫名其妙聊出這個結論了。

為週末待在家裡的老公兒子準備的午餐，是康江事先做好的炒飯。

比起上這種高級餐廳，康江還寧可和家人一起吃這一頓。自從長女嫁出去以後，家裡也就剩下老公、兒子和自己三個人，一家三口一天下來的伙食費都還不到五千呢。

老公和兒子也很體諒，他們知道媽媽和這群主婦打交道並不容易，因此也不會多說什麼。從很久以前就已經曉得，媽媽並不是開開心心和那群人出門逛街的。當初是因為兒子學校的家長會，才會踏進這個主婦圈子，到現在都已經幾年了……

「沒什麼啦！小事小事！」從康江手中接過皮包的太太，一邊笑著一邊這麼回答道，而康江也被迫擠出了尷尬的微笑。康江的處世之道就是「不去違抗強者」。

而突然從身旁傳來的這句話，卻剛好刺中了康江的痛處。

「太誇張了，真是沒品的歐巴桑！」

也不可能奢望人家會來體諒自己的苦衷吧，畢竟自己已經坐在這個搶來的位子上了。不過，我可不是因為喜歡才和這些人攪和在一塊的啊……我也覺得很丟人哪……就算大夥當妳是黃毛丫頭看不起妳，不過我很清楚，妳比這些太太們要懂事多了，相信我，我也是有羞恥心的啊……

可是，自己卻連「謝謝，不過下回要是沒位子的話，我站著也沒關係，以後就別再為我多費心了。」這樣一句話都講不出口。這麼說來，自己被歸類成「沒品的歐巴桑」也不算冤枉了。

現在反而開始羨慕起那些被排擠出去的太太們了，自己要是也能及早脫身就好了。這樣一拖，天曉得還得和這幫人攪和到什麼時候。

「下一站是門戶厄神—門戶厄神站—」

車內傳來的廣播令康江意識到，老公兒子只能在家裡吃冷掉的炒飯，而自己正往寶塚移動，準備要去吃一客五千圓的高級中國菜……

康江突然將身子弓成了く字型。

「喂……伯母妳不要緊吧？」

出聲的正是身旁那位嘴下不饒人的女大學生，一邊問還一邊輕拍自己的背。

「哎唷……伊藤太太！」

「妳怎麼啦？」

對面坐成一排的太太們在女大生開口之前，沒有人注意到康江的異狀。

「沒事吧？」

儘管大家七嘴八舌地發問，卻沒有一個人站起身來。從頭到尾只有隔壁的年輕女生用行動表達出對她的關心。

「不好意思……胃有一點……」

「唉呀呀……怎麼正好在去吃午餐的路上犯這種毛病……」

「怎麼樣？還能去嗎？」

女大學生的身上又散發出殺氣了……康江趕緊用力抓緊了對方的袖子。

什麼都別說。

看來對方明白自己的意思了，女孩只輕輕吐了一句：

「跟渾身冒冷汗的人還講什麼鬼午餐……」

雖然痛到連頭都抬不太起來，但康江還是拚命擠出笑容對大家說：

「對不起，現在這個樣子實在是去不成，我還是先回去好了，請大家別擔心。真不好意思，難得出來一趟氣氛卻被我搞壞了。」

「是嗎？既然妳這麼說……」

「好好保重哪！」

電車滑進了門戶厄神的月台，門一開，女大學生就扶著康江一起站了起來。

「對不起啊，不過我一個人不要緊的。」

「我本來就要在這站下車，順便而已。」

說真的，要是沒個人扶著還真是寸步難行。

「唉呀，不好意思啊！小姐，真是麻煩妳了。」

女大學生刻意裝出專心扶康江走下車的樣子，把她們的話完全當成耳邊風。

總之先讓康江在月台的椅子坐下來，等最痛的那一波過去了再說。

「伯母，要是能走的話就跟我說一聲。沒記錯的話，平交道對面應該有間內科診所。」

「沒記錯的話」、「應該」，看來她對這一站的環境也並不熟。

「實在是不好意思，害妳在無關緊要的車站陪我下車。」

「沒差。」

看來這女生還在為「太誇張了」、「沒品」的事件生氣，每一句話都回得冷冰冰的。

「不過我今天沒帶健保卡……」

「改天再補給他們就可以退費了。」

「那還得多花一趟來回的車錢……不要緊的，我隨身有帶胃藥。」

「早說嘛！」

女大學生唰地轉身往剪票口走去。目送她離開的背影一陣子後，康江打開了手上的皮包。這個皮包是用自己打工存下來的錢買的。這麼一筆錢可以貼補多少生活開銷呢……強壓下這份罪惡感，康江咬牙買下了這個她唯一的名牌皮包。

儘管周圍那些太太們個個勸自己「可以買更好的啊」、「趁領老公年終的時候拗他就好了」，不過在不斷強調自己「就是鍾意這一款」之後，大家也就不再多說了。

從皮夾裡取出了一小包胃藥。皮夾並不是名牌貨，關於這皮夾也是被大家叨了好久，總被唸說應該買個和皮包同一個牌子的湊一套。不過康江對周圍的說詞是，這是婆婆送的禮物，非拿出來用不可。然而事實上，這皮夾是康江在自己打工的超市特價區花五千圓買的。

五千圓，大家今天要去吃的高級套餐也是這個價錢。

正打算站起身去買瓶水來吞藥，剛才那個女大學生不知道什麼時候已經回到自己身邊。

「拿去。」

遞過來的是一小瓶礦泉水，看來是她剛剛去店裡幫自己買來的。

「真不好意思啊，多少錢？」

「不用啦，一瓶水而已。」

康江輕輕謝過之後打開了瓶蓋，和水吞下了苦苦的胃藥。而女大學生卻依然站在康江的身邊，完全沒有要離開的樣子。

「請問……」

雖然態度冷漠，但實際上卻又對自己很親切……一頭霧水的康江決定直接問個清楚。

「妳為什麼……」

「我心虛啦！」

女大學生氣沖沖地回答道：

「我剛剛在車上不是故意講妳壞話嗎？如果是因為這個原因才鬧胃痛，那至少得等妳沒事了我才敢閃人。」

唉呀，真是個好女孩。又懂事又有責任感。比那群人心目中「理想的兒媳婦」要好多了。真希望兒子也能交上一個像這樣的女朋友。若是哪天兒子真帶了一個像這樣的女孩回家，就算被那些個太太們瞧不起，自己也會為兒子看人的眼光而感到驕傲。

「妳誤會了啦。」

康江一邊笑一邊搖手說道：

「不是因為妳的關係。」

這位女孩並不認識自己，以後大概也不會再碰到面，康江在她面前完全不需要隱瞞自己，自然而然也誠實了起來。

「因為我並不想和她們去吃那貴死人的高級午餐啦！自己的先生和小孩只能在家裡熱炒飯來吃，而我卻和那些人去吃一客五千圓的套餐，這麼一想我胃就痛起來了。」

說到這裡，康江不由得又多解釋了一下：

「剛才……那個在車上用皮包替我佔位子的朋友……其實她人也不壞啦，就是在這種事情上少了根筋。當然，沒好好阻止她是我不對，其實我實在也不願意坐那個位子……真是丟死人了。」

女大學生靜靜的在康江身邊坐下。

「……對不起啊，我沒把狀況搞清楚就對妳說了那麼過份的話……」

「不會啦，沒好好跟她講明白本來就是我的錯。」

「妳這樣說就不對了。」

女大學生直直地看著康江。

「妳要是對那個丟皮包的歐巴桑說了什麼的話，一定會被她給踹出去吧？明明知道會被踹掉，哪裡還敢去頂人家？換做是我也不幹哪。還說那個歐巴桑人不壞哩，我才不信！」

「呃……『踹』是什麼意思啊？」

康江對時下年輕人的用語不太熟悉，沒聽懂她的話。
「就切掉的『切』嘛，簡單來說就是被排擠出去的意思啦，我們都嘛是這樣用的。」
「……我第一次聽到這種說法呢，真有意思。」
「妳平常都隨身帶著胃藥嗎？」
被女大學生這麼一問，康江小聲回道：
「最近愈來愈常犯胃痛。」
「都是和剛剛那群人一起出門的時候吧？」
問得愈來愈直接了，康江也率直地點了點頭。
女大學生以一副事不關己的語氣說道：
「我看別再和那群人攪在一起了啦，那胃藥應該只是普通的腸胃止痛藥吧？過沒多久就會失效的。」
康江似乎不太明白她的意思，女孩加強了語氣接道：
「是壓力啦，壓力。那一群人就是妳的壓力來源。突然間胃痛成那個樣子，可是一離開她們馬上就沒事了不是嗎？」
這一點康江也不是完全沒有感覺，然而要是承認了，反而又會衍生出更多麻煩，所以長久以來一直不去正視這個問題。

「可是……和她們也是好多年的老交情了……」

「不是我在說……妳在那個圈子裡被大家看得很扁耶。」

女孩毫不掩飾的一句話，令康江不由得捏緊了掌心。

其實自己也多多少少有感覺到……

「平常要是有人突然身體不舒服，就算只是做做樣子也好，同伴們至少會跟著下車看看狀況吧？可那群人卻連一個人都沒站起來。還說什麼『唉呀呀……怎麼正好在去吃午餐的路上犯這種毛病……』講得好像午餐還比較重要似的。我說伯母啊，妳在不在對那群人來說根本沒差。明明被看得那麼不值，還費那麼大心力去跟人家湊熱鬧，這麼辛苦是有啥好處嗎？」

「好像……沒有耶……」

由於周圍沒有認識的人，康江在女孩面前完全放開了顧忌。

和那群人在一起的樂趣，這幾年幾可說是寥寥無幾。特別是在孩子們從中學畢業以後，由於進的學校各不相同，也失去了因為家長會而湊在一起的意義。對康江而言，也只有「孩子們念同一間學校」這一個共通的話題而已。

「而且啊……」女孩的表情突然變得深刻了起來：

「要是價值觀不一樣啊，趁著還會覺得痛苦的時候趕快分一分比較好。要是硬逼著自己去遷就人家，有一天自己一定會被對方的價值觀給同化。」

這孩子一定有經歷過些什麼。年紀雖然小到足以當自己的女兒，但說出來的話卻是那麼有份量。

「要是沒有被對方同化，那最後一定就是被壓力給擊垮。我看伯母妳抗壓性也蠻弱的說。」

女大學生說完以後笑了笑，問康江說：「同化或是擊垮，妳覺得哪一種結果比較好哩？」

這時候康江反倒問了：

「妳為什麼願意對我說那麼多呢？」

女孩似乎被這突然的問句嚇了一跳，有點不好意思的回道：

「以前當我差點走錯路或是碰上困難的時候，常常有萍水相逢的陌生人所講的幾句話幫了我大忙。伯母跟我也有點像是這種關係，我想大概是因為這個緣故吧。」

中午時段的今津線，每班車大概相隔十分鐘左右。這時候遠方傳來了平交道的噹噹聲，看來下一班車就快要進站了。

「謝謝妳啊，妳就搭這班車回去吧。我也去坐下一班車回去。」

「嗯，我看妳應該沒事了，多保重啊！」

女大學生站起身來，往月台邊走去。就在電車進站的時候，康江大聲對她喊道：

「我會試著從跟她們保持距離開始的！」

女孩轉過頭來，笑著對康江比了比大拇指，接著回過身去走進了電車。所謂萍水相逢的陌生人，指的就是這種關係吧？

在往對面月台走去的路上，康江想了很多。

先從增加打工的時間開始吧！因為還牽扯到稅金裡撫養扣除額的問題，回去還得和先生好好商量，總之盡可能把工時加到上限就對了。

最近家計愈來愈緊，而且還得顧上兒子升學的學費。照那女大學生的說法，既然自己「被那些人看得很扁」，只要慢慢減少參加聚會的次數，想來她們也就懶得再來邀請我了。

拿家計當理由，多半又會被那群人當成「老公不會賺錢」，不過先生也不是會在意這種事的人，比起強迫自己花大錢買名牌去迎合人家，或是丟下家人不管，自己去吃高級餐廳，這點程度的閒言閒語根本不算什麼。

今天省下來的五千圓，足以帶著兒子上他喜歡的館子，一家三口舒舒服服吃頓好的呢！

而且最重要的是……

身為一個人妻、人母，從此再也不需要去背負「太誇張了，真是沒品的歐巴桑！」這樣的惡名了。

甲東園站

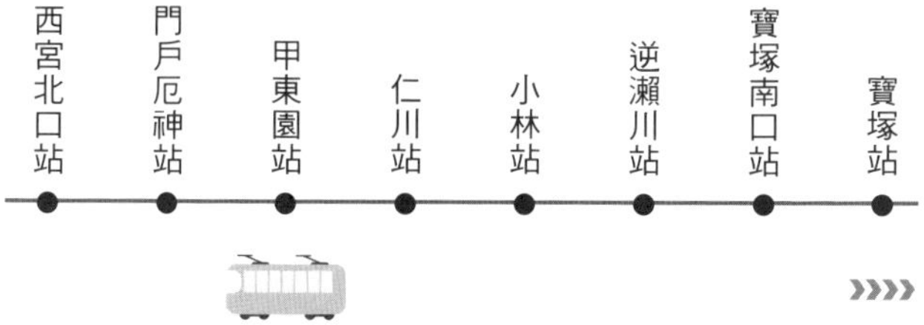

那群歐巴桑大軍從上車起就嘰嘰嘎嘎講個沒完，簡直比幼稚園的遠足還要吵。悅子完全沒法把注意力集中在單字卡上，電車出站沒多久，她就逃到隔壁車廂去避難了。

到了這個時節，絕大多數的考生都已經確定自己的大學目標了。悅子一手握著車門旁的欄杆，另一手再度翻開了英文單字卡。

下一站就是甲東園站。

三年來每天往返的甲東園站，畢業後就得和它說再見了。其實甲東園站也有一間悅子想進的大學，不過那間大學的錄取分數超過了她的能力。此時悅子的第一志願，是一間也還小有名氣的私立大學護理系。

雖然自己也很清楚考不上，不過還是很憧憬這間大學。

過去這三年裡，悅子在甲東園站看了無數的大學生進進出出。每個人穿著打扮都好有個性，不但充滿朝氣、而且大家都顯得好快樂。

一開始就沒指望學校推薦了，反正自己絕對擠不進那少得可憐的推薦名額。升學諮商的輔導老師也說，如果沒打算保險一點，多報幾間確定可考上的大學，那最好把志願學校的標準往下調降一級。既然要把標準放低，那至少要找一間可以順便取得資格證明的學校，因此才會挑上現在這間護理系大學作為第一志願。

班上的同學開始跑不同的補習班，各自往各自的方向前進。不過，儘管現在三年級的課程已經結束了，大家還是會固定在週末下午，以「讀書會」的名義在教室裡聚會。

再不久就要畢業了，大家都想多把握點在一起的時間吧。說是讀書會，其實大部份時間也只是湊在一起閒聊。其中有已經確定考上大學的同學，而就算沒有確定，成績也都確實維持在志願學校的合格標準。（其中當然也包括悅子。）

這群女生看似無憂無慮每天聒聒噪噪，其實個個都是保守派。填志願都只敢填確定穩上的學校。總之就是大家都生性膽小，沒人會有「考前給它拚一下，或許可以拚出奇蹟」，或是「乾脆當一年重考生，然後把明年的第一志願設在更好的學校」這類的想法。每個人都以自己當下的能力作為基準，各自選擇相對應的道路。

然後在正式告別高中生活以前，期待著每個週末的聚會，努力把握剩下不多的相聚時光。

悅子還繼續和那個常認不得漢字的上班族男朋友交往。

「你們還沒做啊？」

八卦心旺盛的同學，只要一逮到機會就不停追問悅子這個老問題，而悅子也總是誠實的回說「還沒啊。」

但是悅子沒跟她們講，其實有一回差點就破功了。

學校跟補習班都表示，只要從現在開始加緊拚到三月，或許真有希望能上甲東園的那間大學也說不定，只不過最好還是多報幾間其它學校比較保險。如果不打算打安全牌的話，那最好能把第一志願的標準降低。

說是這樣說，兩邊其實都在期待自己能一邊多報幾間學校，一邊加緊用功挑戰看看第一志願。只要拿來當保險的學校沒挑錯，運氣好撿到第一志願的話當然是皆大歡喜，而萬一沒考上，至少也能確實考進安全牌的大學。

妳現在正處在很關鍵的關卡呢，會走上哪條路，就得看妳未來幾個月努力的成果了。

無論是學校的班導，還是補習班的講師，講的差不多都是同一套。當然啦，他們只需要動張嘴，反正要花錢的是悅子家。

若打算保險一點打安全牌，為了保住入學許可，必須事先支付「入學金」。短期大學得花幾十萬，而四年制的大學則需要近百萬。而當運氣好考上了甲東園的大學，那事前繳給其他學校的入學金就等於是白花了。

悅子是家裡的長女，下頭還有兩個弟弟。不可能只因為考大學就讓她花這麼多錢。為了減少家裡的負擔，也不是沒考慮過公立大學，可惜自己的成績考公立學校根本毫無勝算。

可是學校跟補習班都非常堅持那個「可能」、「搞不好」、「或許」考上第一志願的可能性，長期下來不停地說服悅子去「掛保險、拚第一」。

沒辦法的，我們家實在沒有讓我下這麼大賭注的本錢。而且我還有弟弟呢。

補習班若是待得不高興還可以換，可是學校卻不能說走就走。

把升學的重心放在可以取得專業資格這一點，悅子比對了各個入學考試的日期、支付入學金的期限，並與家人花時間討論了應考的日程計畫。然而都做到這個地步了，班導卻還是不死心。

—妳想想看嘛，如果真考上了那豈不是算妳賺到？

悅子差點沒當場跟班導翻臉。「如果」？「賺到」？你要我拿這種程度的可能性去賭上家裡的積蓄嗎？

若是成績夠好的話我也想拚看看啊！好幾年以前就嚮往那間大學了。如果自己也能感覺到勝算，不用等你來勸，我自己也會想辦法去說服家裡出這筆錢。

可是努力了那麼久，又是熬夜念書又是跑補習班，都拚成這個樣了，得到的評價卻還是「搞不好有機會……」、「或許有可能……」，我怎麼可能把這種程度的目標當作第一志願嘛！

「如果」真考上了，我也不可能把事前繳給其他學校的入學金丟到水裡。就算是考上那間甲東園的大學，我還是一樣沒辦法念。自己也不是三歲小孩了，對家裡的經濟狀況多多少少也是有點底的。

為什麼不直接對我說「妳考不上」呢？這樣我也不用再去三心二意，可以乾乾脆脆地斷了這個念啊！

「賺到？」我哪裡賺得到什麼！你講的是學校可以賺到的升學率，還是你可以賺到的業績呢？

到最後只要在學校一看到班導心情就沉重起來，每天閃閃躲躲的生活更帶來許多無謂的壓力，漸漸地成績也一路下滑，終於跌到了低於期待值的分數。

當確定志願大學無望之後，班導終於不再糾纏悅子了。

「妳果然沒希望考上。」
沒神經的班導最後只留下了這句殘酷的評語。
好死不死這還正是聖誕節前夕發生的事，這算那門子的聖誕禮物嘛！
「妳最近很無精打采呢。」
那個漢字都認不得的男朋友，人雖然笨了些，但是對悅子卻很體貼。由於二十四日那天沒放假，所以兩個人約在週末補過這個晚了幾天的聖誕節。
開車來的男友看到悅子的臉色不好，以為她只是念書累壞了。
「再沒多久就是考季了，這陣子很辛苦吧？」
不是的。
這段時間完全是被不相干的事情煩到身心交瘁，之前竟然還被宣告「妳果然沒希望考上」呢……
「不好意思硬把妳約出來啊，真不方便的話要不要我送妳回去？」
悅子差一點就點頭了。
「要回去的話隨時跟我說啊。不過在回去之前……」
趁著等紅燈的空檔，男朋友從外套口袋掏出了一個小小的白紙袋。
「正式的聖誕禮物我想還是跟妳一起去挑比較好，這只算是小禮物啦。前一陣子正好到福岡出差說……」

紙袋上印著太宰府天滿宮的字樣。而裡面裝的是一個粉紅色的護身符，上面繡著「合格祈願」。

「妳是考生嘛，應該總會需要護身符吧。我有專程爬上那個像陽台的地方拜拜喔，還在心裡默唸『請多多關照悅子』哩。」

「那叫做『拜殿』啦……」

照例糾正了男朋友的無知後，悅子問道：

「你會希望我考上那間護理大學嗎？」

「廢話，那是妳挑上的學校耶，我當然是全力支持啦！」

變綠燈了，男朋友邊回答邊踩下了油門。

天滿宮應該有賣各式各樣的護身符吧，不過因為是送給女生，這傢伙大概也不會想到挑粉紅以外的顏色。拿起護身符的悅子這麼想著。

「怎麼樣，要回去嗎？」

「你那麼想趕我回去啊？」

「我不是這個意思啦！只是妳是考生嘛，總覺得把考生帶出來玩，怪有罪惡感的說。」

「考生也需要喘口氣啊。有沒有什麼適合看夜景的地方？」

「這護身符還可以吧？夜景喔，那要不要去神戶那一帶看看？」
「下次吧，那邊今天一定擠死了。」
今天只想兩個人安安靜靜在一起。聽到悅子這樣講，男朋友的臉紅了起來。
「妳平常老是兇巴巴的，沒想到也有可愛的時候嘛。」
那到六甲附近兜兜風吧。男友把車開離了車陣。

最近終於學會了「大人的接吻」。

之前因為害怕，悅子總是在途中打退堂鼓。不是因為討厭，而是因為那感覺太美好了，好到怕會把持不住自己。悅子也從來沒有解釋過這些，只是靜靜地把頭別開，而男朋友不但從來不會強迫她，也從不多問。

開上了山路，找了一個夜景優美的地方把車停下。兩人一邊注意著對面的來車，一邊疊上了雙唇。悅子隱隱有一種自己已經是大人了的感覺。

過去悅子總在對面有車靠近的時候把頭別開，但今天她卻毫不介意……男友微微抬起了頭輕問道：
「剛剛……有車開過去耶……」
「今天不想去管……吻我……」
再次觸回悅子的唇，男友的吻變得激烈了起來。

原來他……過去一直為了我在壓抑自己啊……

「抱歉，暫停。」

在長長的一個吻後，男友突然推開了悅子這麼說道。

「……為什麼？」

好不容易放開自己，明白了該做出什麼樣的回應……悅子實在不懂。

男友嘆了大大的一口氣，把頭伏在方向盤上。

「再繼續下去的話我會壓不住……」

男友微微苦笑著說道，而笑容中也帶著一絲害羞。悅子好想再多感受一點這份體貼。

「可以啊……」

男友瞪大了雙眼回不出話來，而悅子坐直了身子又說了一次：

「回去以前找個地方吧，就今天了。」

「可是……妳……」

「現在。」

短短兩個字堵住了他的問句，男友默默地把車開了出去。

就這裡吧。悅子要男友彎進了一間汽車旅館。現在根本不記得這旅館在哪裡、叫什麼名字了。

「讓我先沖個澡。」

沒事的，這根本沒什麼好緊張。班上某些同學早就有經驗了，我們這一群人還算保守的呢。

真的好想再多感受一下被他呵護的感覺……他一定會對我很溫柔的。

圍上了浴巾，悅子從浴室走了出來。

「……你在幹麼？」

「沒有啦……只是……」

男友背對著浴室盤坐在床上。雙手遮住眼睛的德性，簡直與日光東照宮的「非禮勿視猴」一模一樣。

「想請妳幫個忙。」

「怎樣？」

「把衣服穿上。」

進了旅館都沖完澡了你竟然要我把衣服穿上！這下悅子可火了。

「都到這裡了你這是算什麼！我不行嗎？」

「怎麼可能！別說這種廢話啦！」

對方聲音也大了起來，男友繼續說道：

「妳今天感覺好自暴自棄說，難道自己都沒發現的嗎？『今天不想管』、『就今天吧』……一天下來都這個調調，妳這個樣子我哪會有心情！不過我也是男人啊，看到自己喜歡的女生光溜溜的，再怎麼忍也是有限度的！」

一瞬間，全身都冷了下來，「今天不想管」、「就今天吧」，原來他也發現了，知道她這樣的「第一次」並不帶有任何的「期待」……

「人家……」

悅子咚的一屁股坐在地上，像個孩子似地哭出聲來。

「……人家想再多被你呵護一下嘛……明明是因為工作去福岡，卻還專程幫我從太宰府求護身符，你知不知道我有多感動！直到今天才知道，你吻我的時候一直都在壓抑自己，不敢對我太粗魯……我想再多被你好好體貼一下嘛！」

「唉喔——！」

悅子聽到男友拚命搔頭髮的聲音。

「妳連哭起來都是那種憋著聲音的好姊姊型哭法，真是敗給妳了。」

什麼叫「敗給我」？想馬上反問回去，不過才剛哭完，一時之間喘不過氣來。而男友也在這時候接著問道：

「妳現在是全裸嗎？」

「……有圍著浴巾。」

「聽好囉，我現在要把全身上下僅有的理性全部逼出來，以後要是再來這套的話我絕對受不了喔！」

男友轉過身來對著悅子，張開雙臂。

「來吧！」

悅子想也沒想就撲到男友懷裡。

「機車……真難熬……」悅子聽到男友小小聲的抱怨。一邊窩在他懷裡一邊默默地跟他道歉。

「出了什麼事啦？」

男友撫著悅子濕潤的頭髮，聽她道盡了這段期間不曾對任何人說過的、所有憋在心裡的委屈。一直聽到最後班導對悅子說的「妳果然沒希望考上」。

什麼叫做「果然」沒希望？要是這樣之前就不要逼我去拚那個第一志願嘛！我早就說了自己應該考不上，一開始就說了。跟他已經講過多少次了，今年絕對不能落榜，非得把目標放在確定穩上的學校不可……

「不要緊啦，妳是個懂事的好孩子，不但為弟弟著想、還幫父母顧到了家裡的負擔，甚至連將來資格什麼的都考慮到了。妳的選擇一定是最正確的決定。那老師根本沒眼光，看不出來身邊的學生是這樣一個乖小孩。」

「我是乖小孩嗎？」
「要是肯起身把衣服穿起來的話就更乖囉。」
不覺得這狀況對我實在太殘酷了嗎？
也是啦，悅子起身抱起了剛剛脫下的衣服走進了浴室。
之後兩個人就倒在床上東聊西扯，一直聊到旅館的「休息」時間結束。
等進了大學一切安定下來以後，找個時間帶我去旅行吧，不用跑太遠，最好是找一間漂亮的旅館過夜，第一次就留到那個時候吧！
這樣才有期待的感覺嘛，男友笑道。但是說完又大大嘆了一口氣：
「不過妳上了大學以後，大概就會甩了我這個會把『絹』講成『糸』跟『月』的笨蛋吧？」
別擔心！悅子跳到男友的肚皮上：
「就算是笨蛋我也一樣喜歡！」
「妳這還不是一樣在說我笨！」
男友一邊苦笑一邊緊緊摟住悅子。

電車在甲東園靠站了。

就在悅子走出車門的時候，一對看來像是情侶的大學生與她擦身上了電車。高高的男生穿著有些龐克，女生雖沒怎麼打扮但也十分可愛。胸前的玻璃項鍊晃著淡淡的光彩。

一定是那間大學的學生吧，這對情侶看起來好幸福。悅子打從心裡這麼想著，不過已經不再覺得羨慕了。

男友雖然腦袋不靈光，但卻非常溫柔。悅子非常清楚對方是怎麼樣在呵護著自己。

同學們還在教室等著呢。出了車站的悅子快步往學校趕去。

仁川站

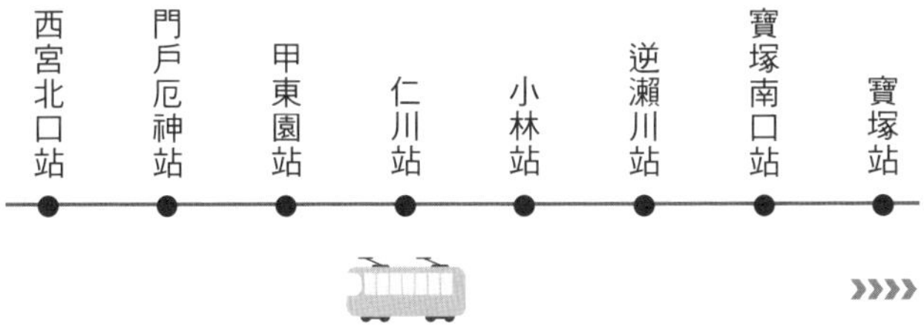

「你看你看！」

從甲東園出發沒多久後，美帆興奮地指著鐵道旁的斜坡對著男朋友說道。也只有圭一這個男朋友會叫她美帆，其他的朋友都叫她小權。

「那邊有很多蕨菜對吧，到了夏天會長出一大片呢！」

確實，那些的確是枯了的蕨菜葉子。美帆跟圭一都是在鄉下長大的孩子，辨別花花草草的眼光倒是不常出錯。

「嗯，的確是蕨菜……所以哩？」

「再過不久就是春天了耶。」

「嗯，所以哩？」

「到時候一定又會長出一大片來，這裡一定沒什麼人知道！」

圭一很清楚美帆最後想說什麼，但故意不去點破，想逗到讓她自己講出來。

「然後呢？」

「好想去採喔。」

「不可以。」

「啊！可是長那麼多都沒有人去動耶，你不覺得很可惜嗎？」

「不─可─以！」

圭一加強語氣，又重複了一次同樣的答案。

「妳是打算怎麼去採？在鐵軌旁邊耶，而且那斜坡至少有四十五度以上。」
「呃……又沒有很高，在身上繫著繩子就好了吧？」
「那邊是工地耶，周圍是被封起來的喔。」
「一大早溜進去就好了嘛，又不是去做壞事，採了以後馬上走這樣……」
「不行。」
「可是之前問了那裡的工人，他們也說那些蕨菜沒用啊！還說只要我有本事的話隨便我採說……」
這傢伙怎麼那麼不怕生啊，不管在哪都能和人聊開……圭一嘆了一口氣說：
「那些個大叔是當妳不可能採得到才會這樣講啦，逗妳的。」
「採得到啦，在鄉下這點斜坡根本不算什麼。」
「不行！一不小心摔下去怎麼辦？那麼高的地方掉下來可不是開玩笑的！」
「不會啦，我可以抓住其他的樹枝啊，這點程度的……」
「四十五度的山坡可不是『這點程度』！反正我說不准就是不准！」
「那……趁早上電車還沒開的時候，從鐵軌這一側溜進去……」
「更是不准！」
圭一的眼神是認真的，美帆只好嘟起了嘴不再多說。
要死了啦……我一定是有病，怎麼連她這個表情也覺得可愛到不行！只不過蕨菜這件事，無論她有多可愛都不能讓步……不對，就因為她可愛，所以非阻止她跑去亂來不可。

「妳幹嘛那麼想去採啊？對我們來說蕨菜又沒什麼稀罕……」

「那麼一大片就長在附近，當然會忍不住想要啊……」

「真是的，那種東西只要回老家去，想採多少就有多少吧？」

美帆低下頭來抓住了圭一的袖子。

「要是春假回去了就見不到你了嘛……」

該死！真可愛！

圭一忍不住別開了眼光。正好幾天前也接到了家裡打來的電話，問他春假打算怎麼辦。也因為美帆的關係，圭一跟家裡說：「過年才剛回去過，春假就不回去了。」

彼此都知道對方過去從來沒交過男女朋友，在一起反而沒什麼壓力，不用去顧忌太多。若是碰到什麼不明白的，兩個人再一起想辦法解決就是了。

反正圭一跟美帆都不是那種善於偽裝的人，雙方的步調倒是搭得恰到好處。儘管值得紀念的第一次約會，選在北口站大賣場美食區這種超沒情調的地方，不過捧著章魚丸子邊吃邊扯的兩個人也都聊得很開心，不覺得這樣有什麼不好。圭一甚至覺得自己已經幸福到該遭天譴的地步。

而美帆第一次去圭一家，卻是在交往了好幾個月以後。沒事突然邀美帆來家裡，難保人家不去懷疑自己別有居心（當然也不敢說完全沒有啦……），而平常美帆當然也不可能有自己開口的勇氣。

之所以可以跨越這道關卡，得歸功於圭一去年夏天染上的感冒。

照著圭一用手機傳去的住址，美帆終於拜訪了圭一獨居的公寓。

「之前聽你說有在家裡開伙，所以想說這裡應該不缺廚具吧。」

美帆帶來了煮稀飯的材料以及桃子罐頭。家裡的米已經見底了，美帆帶來的兩公斤米可說是幫了大忙，不過除了食材以外，美帆從包包裡抽出來的「療養食譜」卻讓圭一感到一絲不安。而且書的內頁還夾了好幾張書籤……這……這要不要緊哪…？

圭一躺回床上後小心翼翼地跟美帆說：

「那個……美帆啊，我家電鍋可以直接煮稀飯，妳不介意的話……」

還在擔心這樣問會不會傷了美帆的自尊心，蹲在櫥櫃前認真挑鍋子的美帆，聽了這句話卻像是鬆了一大口氣，轉頭對圭一笑道：

「那就好，不好意思給你吃現成的微波稀飯，可是我自己又沒做過……在阿姨家試作的第一次實在說不上成功，但是又沒時間多練習，想說乾脆就直接來你家做第二次好了。因為這樣也算是有經驗嘛，應該也不至於差太多……我今天可是抱著必死的決心來的喔。」

聽了美帆這段自白，圭一笑得咳到差點窒息。

美帆不是那種會說「這可是我抱著必死的決心拚命做出來的，你非吃乾淨不可！」這種話的人，而是會因為「慶幸對方不需要冒險吃自己拚死做出來的東西」而鬆一口氣的女生。這樣善良又可愛的美帆，又讓病懨懨的圭一倒在床上萌了老半天。

照著說明書，美帆順利將煮好的稀飯端到圭一床前。

圭一想再多跟她撒撒嬌。

「餵我。」

果不其然，美帆的臉馬上紅到耳後根。不過在稍微猶豫了一下以後，她還是順了圭一的意，舀起了稀飯仔細吹了吹才送到他嘴前。還不光只是稀飯，連罐頭桃子也切成了小小塊，用叉子一個一個餵給了圭一。

「好好吃喔，謝謝妳啊！」

「要謝的話，該謝你家電鍋啦！」

美帆像是在介紹電鍋給圭一認識似的，笑著將手往身後的電鍋一比。

「下次就不靠全自動的電鍋，而是靠自己的實力……靠自己的實力來試著做看看會不會失敗……」

想撂下大話，可是話講到一半又失去自信的那副模樣，再度把圭一逗得又笑又咳。

「快躺下來吧。」

幫著圭一蓋好了棉被，美帆問說他藥夠不夠吃。

「之前買的藥還沒吃完，不要緊……」

說到一半，圭一發現美帆把臉慢慢湊了過來。

呃……莫非今天是初吻紀念日？

「會把感冒傳染給妳喔……」圭一還是警告了一聲。

美帆卻跟他說沒關係。

「反正期中考也考完了，離中元節回老家也還有一段時間……要是真的被傳染了，阿姨也會做飯給我吃……」

更何況，我很不容易感冒的。

伴隨著這一連串的理由，圭一因感冒而乾澀的嘴，終於被美帆溼潤柔軟的雙唇蓋上。

而兩人第一次結合，更是在聖誕夜這個老套到不行的日子。

反正窮學生也沒閒錢出門吃大餐，乾脆決定買個兩人份的小蛋糕，在公寓裡自己弄點好吃的。兩個人還在壽司手捲跟火鍋之間猶豫了一陣，最後因為天氣冷的關係決定煮個聖誕小火鍋。

聖誕禮物早就決定好了，兩人互相幫對方出了錢，在梅田的Loft裡買了一對Swatch的對錶。這對小情侶自己也很清楚，彼此（自己）還沒有那個勇氣一起去買成對的戒指耳環這類首飾。這份羞澀多半也讓兩個人覺得，今晚應該就是接個吻（至少今天不用去擔心傳染感冒之類的事……）就解散了吧。

交換禮物的時候，圭一遞出了兩個小包。

「咦？另一個是什麼？」

「男生的手錶比女生的貴嘛，所以我又補了一個這個。」

「真是的，幹嘛在意這種事嘛。我又不像你要繳房租，住阿姨家又花不到什麼錢……」

「不行不行，這樣子就太沒骨氣了。」

圭一多少還是有一些男人的堅持。

「趕快打開來看嘛！」

畢竟已經交往了半年，圭一對美帆的喜好也有了一定程度的瞭解，對自己挑的禮物相當有自信。

美帆打開小盒子，裡面裝的是一串手工的玻璃項鍊。滲著淡淡粉紅與綠色光彩的設計相當細緻。

趕在聖誕節前增加打工多賺來的預算，到這個等級也算是極限了。圭一偶而也看美帆戴過這一類樸素的首飾，而且店裡的小姐不停強調這項鍊價格實惠，更何況因為是單品，也不需要另外搭配成套的耳環戒指。

「雖然是玻璃，不過因為是純手工製的，就算是同款的項鍊，顏色什麼的也不可能完全一樣。所以這也算是世界上獨一無二的項鍊。」

雖然怎麼聽都有點像是在為這廉價的禮物找理由，不過美帆馬上就把項鍊掛了起來。

「謝謝！我最喜歡手工玻璃了！」

這下才想起來美帆的老家在九州，而九州的玻璃工藝是在全國享有盛名的。

「對了！」

像是想起了什麼似的，美帆拍掌說道：

「我也帶了另一個！朋友今天剛送我的，說是給我的聖誕禮物……」

在皮包裡翻翻掏掏了一陣，找出了一個手掌大小的長方形小包。

「大概是小點心之類的，拿出來跟蛋糕一起吃吧。」

美帆一邊這麼說一邊拆開了包裝，然而拆到一半，突然好像全身凍結了起來。

「……美帆，這可不是點心耶。」

包裝雖然印著小朋友最喜歡的卡通圖案，但裡頭裝的可不是給小孩用的……美帆當然也不至於天真無邪到不知道這是什麼東西。

照例又是一陣飛紅襲上美帆，只不過這次不只是紅到耳根，而是連僵著的雙手都熱了起來。

「不……不是的……我……我不知道裡……」

不知道裡面裝的是這個對吧？妳這德性不用說我也看得出來啦！美帆慌張的樣子讓圭一忍不住又噗了出來。

「我就覺得奇怪！想說為什麼大家只給我……」

「原來如此……大家一定很希望妳收到以後就當場打開，我猜妳朋友想看的就是妳現在這個反應。」

這下子美帆那不負朋友眾望的反應，就被自己給獨享了。

「齁——！要死了啦！我怎麼可能把這個帶回阿姨家嘛！」

「啊！放妳男朋友家不就好了？」圭一也跟那些朋友見過幾次面，這時彷彿可以聽見她們笑著繼續逗美帆的聲音。

「妳阿姨偶而會幫妳收房間對吧？不然就先放我這裡好了。」

要是被阿姨搜出這玩意兒就不好玩了。

「可……可是你朋友也常來這裡不是嗎？」

「男生看到這種東西才不會大驚小怪哩，有女朋友的都嘛會在家裡準備幾個啦。只不過這包裝實在是有點……既然要送至少送個普通點的嘛……」

注意到美帆瞪大的雙眼，圭一才發現自己不小心說溜嘴了。

「呃……有問題。」

美帆怯生生的舉起右手問道：

「你也有嗎？」

被這麼直接一問，圭一反而有些難以啟齒。

「嗯……這個嘛……我畢竟也是有這一方面的需求嘛……」

「可是……對象是我耶……也會嗎？」

「我要生氣囉！」

得讓她明白這種問題實在太白目，而美帆被兇了一下以後，似乎也發現自己說錯了話。

乖乖道過歉後，美帆低頭往上瞄圭一。只要使用的目標正確，女生這個角度的視線絕對有著全宇宙最強的破壞力……而圭一自然是那個「正確的目標」。

「要不乾脆把這些包裝讓人害臊的先用掉好了……聖誕夜嘛……」

說出口了！圭一把這句收不回來的台詞吐出口後，美帆將剛剛掛上的項鍊從脖子上取了下來。

「不小心碰壞就糟了。」

兩人都沒經驗，整個過程可說是險象環生。只要美帆一喊痛，立刻就得把動作緩下來。儘管馬上接著說不要緊、沒事，圭一也不敢就這麼硬攻。什麼「不要緊」、「沒事」絕對是在騙人，那份痛楚可以從她身體的反應看得清清楚楚。

「對不起……這樣我實在看不太清楚……可以把燈打開嗎？」

要是能仔細研究一下構造的話應該可以輕鬆不少，這沒經過大腦就丟出去的提案，想當然爾，在美帆的哀號下被駁回了。

「不要──！我會努力的，你也再加點油……」

就這樣從比較不痛的地方一點一點反覆嘗試，等到好不容易算「告一段落」的時候，時鐘顯示已經跨過午夜了。一晚上究竟浪費掉了多少「讓人害臊的包裝」，現在實在不願再去多回想了。

大概真的是累壞了吧，身邊的美帆靜靜走進了夢鄉。雖然不忍叫醒這張睡臉。但是圭一還是把她搖了起來。

「美帆，再不回去就沒電車囉！」

而美帆的回答卻令圭一跌破了眼鏡：

「不要緊的，我跟阿姨說過了，今晚跟同學們熬夜唱KTV……」

儘管還是很睏，美帆還是撐起了惺忪的雙眼。

「雖然不知道今晚……會這樣，不過就算只是過夜而已，我今晚本來就想留下來。要是沒碰到這類節日，平常根本不太可能在外面過夜嘛。」

只是過夜啊……這種時候應該不太可能「只是」過夜吧……我是說我啦！

朋友會開這個玩笑，多半也是因為美帆事前去拜託他們串供的關係吧。怪不得選在今天送這個寶貝禮物。

圭一苦笑著鑽回了被窩，在一場漫長的苦戰惡鬥之後，兩人迎接了擁有彼此的第一個早晨。

之後美帆大概是跑去問了朋友「要怎麼樣才不會痛？」，自那天以後，圭一被美帆的朋友們虧了好長一段時間。

美帆就是這個樣子，不管碰上什麼事情都這麼直來直往。不過這種事，多少也考慮一下我的立場嘛……但也是託了美帆朋友的福，應該是得到了相當實用的建言，從此就再也沒有看到過美帆忍痛的表情了。

不能否認，正面攻擊的確也是有正面攻擊的好處啦！

「我知道了。」

看到圭一終於點了頭，美帆又恢復了臉上的笑容。

「真的嗎？那麼……」

「不行，那斜坡太危險了。」

這件事不管妳怎麼正面攻擊我也不會妥協的。

不過，垂頭喪氣的美帆表情已經開朗了起來。

圭一繼續說了下去：

「雖然不准妳去採鐵軌旁的蕨菜，不過等天氣暖了以後，找個時間一起去郊遊吧。不光只是蕨菜，到時候隨妳愛採什麼就採什麼。這附近山那麼多，再加上我們兩個都是鄉下孩子，應該不用怕說找不到東西吃。」

「耶！好棒！」

美帆還真的像個小孩似的，舉起了雙手大聲歡呼。這女生真的是活在二十一世紀的女大學生嗎？儘管心裡三不五時會冒出這樣的疑問，不過美帆這份天真也一樣是可愛到爆。

「仁川下車的話，走一趟甲山步道大概只要兩小時，要不要今天就去勘查勘查地形？就算只是沿著仁川散步，應該也可以找到些薤白、虎兒草之類的。」

「嗯！去吧去吧！」

興奮的美帆對著圭一點頭用力點頭。

「不過……虎兒草不是只能拿來煎了當藥吃嗎？」

「我本來也以為是這樣，不過看了圖鑑才知道，據說拿虎兒草葉子炸的天婦羅很好吃哩！而且沿著登山步道還有很多其他的野菜說。」

美帆直直盯著圭一的眼睛，問道：

「你還特地跑去查了嗎？」

再度被美帆的直球砸到，圭一講到一半的話突然卡在喉嚨說不下去。前陣子就有聽她提到鐵路旁的蕨菜，不用等美帆說就曉得她肚子裡在打什麼主意了。雖然絕對不能放她到四十五度的山坡上去幹傻事，但自己也得好好幫忙想個替代方案才行……

美帆之所以會那麼想去摘蕨菜，可能是因為今年春假決定不回鄉下的關係。或許老家每到了春天，就會一家子出去郊遊採山菜也說不定，而美帆這傻傻的小願望，多半也包含了這一份鄉愁吧。

「沒啊……想說既然要去玩嘛，事前最好多做一點功課。而且我本來也就不討厭爬山說，真的只是因為這樣啦！」

美帆一把摟住了圭一的臂膀，全身挨向了圭一。這時的圭一已經非常清楚了，這副小小的身軀究竟蘊藏著多大的魅力。

「謝謝你為我們兩個人的事想這麼多，我好高興喔！」

又是一句威力足以見血的台詞……

「……那就算說好囉，禁止去爬四十五度的斜坡採蕨菜。」

兩個人勾了勾小指做下約定，圭一刻意把話題岔開：

「話說回來，那個大廈頂上的鳥居後來怎麼樣了？剛開始交往的時候不是說要鼓起勇氣一起去問的嗎？」

「唔……那件事我想再擱一陣子，總覺得就這樣去問清楚未免太可惜了。」

可惜什麼？聽到圭一這麼問，美帆笑道：

「當初我們是因為那個鳥居才會在一起的啊，現在只要一想起它來心裡就甜甜的，我想把這個謎再多存久一點。」

圭一瞪了美帆一眼，用食指輕輕在她額頭上彈了一下。

「哎唷！為什麼？」

面對揉著額頭的美帆，圭一把頭別開避開了她的目光。

為什麼？因為妳在大庭廣眾下像沒事般講出的話，幾乎要把我的心都給化掉了啦！

終於到仁川站了。美帆不滿似地揉著額頭，一邊嘟嘟囔囔一邊跟著圭一走出了電車。

小林站

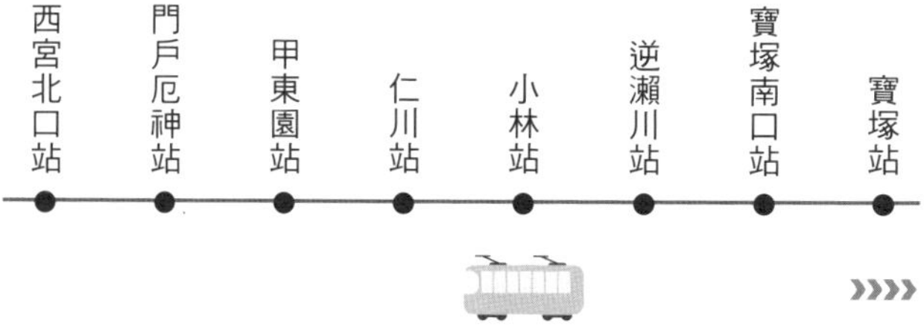

這個車站很不錯呢。

就在鬧完前男友跟情敵婚禮的那天，回程路上，一位素未謀面的老太太這麼說道。而這句話也成為半年後自己搬來小林站的契機。

託前公司業界也算小有名氣的福，前陣子換工作的時候並沒有碰到太多阻礙。由於上一間公司位在大阪的御堂筋，所以想說下一份工作盡量來找神戶附近的公司，很順利的，不久後就在三宮的設計事務所找到一份業務的工作。

「又沒做錯事，犯不著要妳走啊？」

面對前同事的關心，翔子只淡淡回答：

「嗯……但繼續待下去我也難受。」

至少撐到最後一刻嘛，幹嘛跟那兩個人客氣？上司儘管不捨，不過還是接過了翔子遞出的辭呈。至於那個狐狸精跟前男友的未來會怎麼樣，她已經不想再去管了。

合了那對新婚夫婦的意，翔子終於從他們面前消失。儘管現在公司上下都還在為翔子抱不平，但是自己一旦離開了公司，流言蜚語就總有消失的一天，再過兩三個月，這場鬧劇自然就會被大家淡忘了。

會選擇搬到小林來住，不光只是因為它散發出的悠閒氣氛。翔子發現這裡真的是一個很適合居住的地方。小林正好位於梅田與三宮的中間，無論去哪一邊都只需三十分鐘。不但如此，周圍超市跟便利商店又多，而房租卻又不貴。剛開始找房子時仲介公司還抱怨過翔子，說她「條件開太鬆了，符合的案子多到無從挑起」。

最後選中的是一間離車站走路只要五分鐘，採光良好的一間單身雅房。而這裡的房租也比翔子最早預估的金額要便宜不少。

新公司的工作相當充實，翔子也很意外自己頗有當業務的天份。雖然工作忙的時候常得在週末加班，不過身邊既沒男友，朋友也大多在各忙各的，反正閒著也是閒著，這樣的工作型態並沒有為翔子帶來什麼困擾。

今天公司並不太忙，所以中午就下班了。翔子也沒有特別要去哪裡，打算就這麼直接坐車回家……原本是這麼想啦，但要是早知道會撞上這一票歐巴桑，自己就會選擇在三宮附近逛逛街再回去了。

竟然會坐到一半被飛過來的皮包搶走位子，這輩子還真是沒碰過這種事。與其說生氣，不如說是傻眼了。坐在那個位子旁邊的女大學生應該也很驚訝吧，那一瞬間兩個人都被嚇到講不出話來。那位有正義感的女生似乎打算衝出去跟人家理論，不過對付這種歐巴桑有理也是講不清的。

丟皮包的那個，看來應該是歐巴桑集團的首領。一定脫口就能說出一大堆歪理，既然能在這樣的精英集團裡當上老大，想必是經歷過無數大風大浪，跟這種人對上了，吵到最後只會愈吵愈糊塗而已。自己實在不想去淌這種混水，也不希望人家為我去淌這混水。

及時對她搖了搖手，小聲說道「真糟蹋了這名牌皮包」，而那位女大學生似乎也聽懂了她的意思。

在離開現場穿過了幾節車廂後，在最靠近小林站月台樓梯的車門旁站定。

自己走了以後，那女生應該沒有對歐巴桑們開火吧？翔子多少還是會有點在意，不過這份擔心，也被窗外從「城市」轉為「小鎮」的景色慢慢沖淡。翔子特別喜歡在過了甲東園站後，窗外景色逐漸變得閑適的這一段路。

「你看你看！那邊有很多蕨菜對吧！」

是剛剛在甲東園站上車的學生情侶。個頭嬌小的女生在電車剛過第一個平交道沒多久後，指著平交道旁的斜坡興奮地說道。

「嗯，的確是蕨菜……」

身材高高，衣著帶著點龐克味的男生也點了點頭，從外表看不出來，但這對學生的背景好像還蠻純樸的。看來他們在討論的，是斜坡上那叢枯得黃黃的蕨類植物。

原來那就是蕨菜啊……

翔子從小就在都市長大，對於蕨菜的認識也僅只於「偶而會在懷石料裡小碟子裡出現一兩株的山菜」。去外頭吃飯時如果點了山菜蕎麥麵，碗裡堆的那些也只認識蕨菜、紫萁、筍片之類的程度。既非當季、而且又是在還沒被調理的野生狀況下，光憑這樣想要認出來已經是不可能了，而他們竟然一眼就能識出那堆黃巴巴的枯草……翔子在心中不由得偷偷對這兩個人肅然起敬。

接著女生開始吵著等到春天要來這裡採蕨菜，而男生則強調在四十五度的斜坡上採山菜實在太誇張，絕對不准她胡來。這一連串小情侶間的可愛對話被翔子聽在耳裡，卻是苦澀交集。

竟然會打從心裡羨慕起這樣一對年輕男女，這樣的心情讓翔子覺得好難過。

也不知道說了什麼，女生突然被男朋友在額頭上賞了一記爆栗。雖然那女生氣嘟嘟地搞不清楚發生了什麼事，但是一旁的翔子卻看得清清楚楚。

刻意將目光從女朋友身上別開的男生，臉頰罩上了一層紅暈。一定是天真的她又說了什麼讓男生心動的話。女生靠在男朋友身邊後，因為身高的關係，更是不容易察覺男生臉上的變化，所以一直到他們在仁川下了車，女生都還氣嘟嘟地搞不清楚狀況。這大男孩利用自己的身高，巧妙地在女友面前掩飾了心中的害臊。

放下那對小情侶後，電車繼續往小林駛去。翔子一直覺得從仁川到小林的這一段，是今津線相隔最遠的兩站。不過這也只是翔子的感覺而已，從來也沒真拿手錶去算過時間。在這段路上，窗外的風景愈來愈靠近山間。對翔子這個從小在鋼筋水泥都會中長大的人來說，是一種非常新鮮的體驗。而騎個腳踏車從小林到仁川也不過十分鐘出頭而已，這樣的短程更是今津線可愛的地方。或許從小林騎到西宮北口也不用花半個鐘頭吧？

就在逐漸靠近小林站的時候，電車突然重重頓了一下。今天的司機大概是個新手，煞車煞得太急，站著的乘客紛紛抓緊了頭上的吊環。

正如自己幾站之前就計算好的，眼前的車門正好在月台的樓梯前打開。才剛下了車，就聽到一陣嬉鬧聲從樓梯上方傳了下來。

紅色書包配著黃色小布帽，應該是附近一年級或二年級的小學生吧。幾個小丫頭嘻嘻哈哈地從樓梯上跑下來。

剛開始以為她們趕著要上這班列車，不過再看了看卻又不太像。一群人往電車尾巴方向跑去，繞到了樓梯背面，嘻嘻哈哈地開始竊笑。儘管只是六七歲的小女生，然而笑聲裡卻已經包含了女性特有的心機，翔子不由得皺起了眉頭。

沒發現樓梯正面有個大人正在觀察她們的一舉一動，一群人就這麼說起了悄悄話來。就悄悄話的標準來說，她們的音量似乎大了點，或許是因為太興奮的關係吧？

「〇〇妳躲在這裡不要動喔，待會××來了我就跟她說妳已經回去了。」

「……喔……嗯。」

帶著一點不安，被半強迫推到樓梯背後角落的應該就是〇〇吧？

就在這時，翔子抬頭看到另一個背著紅書包、戴著黃帽子的女孩站在樓梯上。似乎是走到一半時停了一下，翔子發現她的時候她也正好再度邁出了腳步。這位應該就是那群女孩口中的××了。

××掛著一張繃緊的神情默默走下了樓梯，擦身經過了翔子身邊，往那群女生走去。

翔子被勾起好奇心了。忍不住握緊了樓梯旁的扶手。

「噢！××妳來啦！」出聲的應該是這群女孩的首領吧。做作的語調顯示出她的演技並不高明。

「〇〇她不在這裡喔！我們也在找她，可是到處都找不到，該不會是坐上一班電車先走了吧。」

××沒有問一句有關〇〇的問題。

××與那群女孩保持著一定的距離，完全沒有要再靠過去的意思。

××毫不理會做戲女孩身後那些竊笑的同學，只是凜然站在原地。

〇〇就躲在樓梯背面的角落，離她站的位子並沒幾步路。

面對站在眼前不發一語的××，帶頭的女孩似乎有些急了。

「就跟妳說〇〇已經先回去了嘛！」

從翔子站的位置只能看到××的背影，因此不知道她說這句話的時候掛著什麼表情。

「我什麼也沒問，但還是謝謝妳主動告訴我。」

——答得好！

××轉身離開，再度經過翔子身邊時，××還是掛著剛才那張繃緊的表情，但是並沒有掉下眼淚。

背對著那些女孩，××一個人沿著月台往車首的方向走去，一直走到前面快沒路了，才在月台最前端的椅子上坐了下來。

挺直的背桿正清清楚楚在告訴對方：

別擔心，就算下一班電車來了我也絕對不會轉頭去看妳們。也不會去找○○是不是跟妳們在一起。放心吧。

無論年紀有多小，她們已經是女人了。女人的心機、女人的優柔寡斷、以及女人的尊嚴。

一段沒幾分鐘的互動裡，翔子就從她們身上看到了女人各式各樣的特質。

翔子被這位小小年紀就知道堅持自己尊嚴的××吸引住了。沿著月台慢慢走到她身邊。

「可以坐在妳旁邊嗎？」

抬起頭來的××臉上寫滿了疑惑。看起來意志很堅定的一張臉呢，跟我小時候好像。

「……請坐。」

翔子也很明白，這年頭的教育就是徹底教導小孩不要和陌生人說話。一眼就看得出來××對翔子抱著極大的戒心。

「嗯，我跟妳的確是陌生人，不過我並沒有其他的意圖，所以妳別擔心。」

「……好。」

「妳剛才的表現實在好棒，讓我忍不住想過來跟妳講講話。」

××盯著翔子，淚水像是再也栓不住了，一滴一滴地從臉上滑下。

翔子從皮包裡拿出手帕來遞給××。近來為了防止犯罪，連書包上都不再別著名牌。由於剛開始沒將那群女孩的悄悄話聽仔細，弄到現在還不知道眼前的女孩叫什麼名字。

「拿去用吧，這個送妳。」

「媽媽會罵我的……」

「就跟媽媽說，因為摔了一跤而蹲在路邊哭的時候，路過的親切大姊姊說要送給妳的就好了。待會電車來了以後，妳也不想被對方發現自己哭過吧？現在我還可以幫妳擋一下。」

聽了翔子這麼說，××咬了咬嘴唇，接過了翔子的手帕抹了抹眼角。這孩子的自尊心果然很高。

可以感覺得到身後那群把××排擠出去的小集團，很在意自己正在和××說什麼。

「像妳這樣的女孩子，將來一定會吃很多虧。但是，一定也有人在看著妳，未來一定會有很多很多，跟我一樣覺得妳好棒的人出現。」

所以，別氣餒喔！加油！

聽完翔子的話，××把臉從手帕中抬起來。

「大姊姊，妳幸福嗎？」

……被戳到痛處了……翔子苦笑道：

「本來馬上就要幸福了，不過路上不小心摔了一跤，現在……正是努力重新站起來的時候吧。」

換工作換得很順利，新家的環境也很滿意，至於被那份幸福背叛的時候，自己也已經毫不留情地狠狠刺回去了。並沒有留下後悔。

「不過我一點也不後悔唷，雖然稍微晚了一些，不過一定會幸福的！」

「那麼，『SHOKO（音同「翔子」）』也要加油！」

這回換翔子瞪大了眼睛說不出話了。雖然不知道小SHOKO的「SHOKO」是哪個字，但是這樣的巧合實在是太神奇了。

車站旁的平交道傳來了噹噹噹的聲音，往西宮北口行的車要先進站了。而在對面月台的電車走了以後，同一個平交道傳來了往寶塚行的電車鈴聲。

「保重啊！」

翔子站起身來以後，小SHOKO笑著對她揮了揮手，然後再次轉回身去，挺起胸來直直看著正前方，那些敵人一個也進不了她眼裡。

跨上樓梯前，翔子把腳步停了下來。冷冷地望著那群，從樓梯後面探出頭來偷看自己的小女孩們。雖然身體還是小孩子，但是內在「女人」的部份早已成型了，沒必要對她們手下留情。小傢伙們很清楚可以感覺到翔子冷峻視線中所透露出的鄙意。但是卻沒有一個人露出絲毫帶有反抗的神色，僅僅只是尷尬地將臉垂下來而已。

不愧是「女人」，她們光憑直覺就感覺到了彼此之間的強弱關係。翔子也很清楚，自己不是那種會被黃毛ㄚ頭看扁的女人。真要說的話，絕大多數的男女老幼應該都不是自己的對手。雖然很懂得如何隱藏自己的利爪，但是一旦採取了攻勢，絕不會錯失任何一個讓對手致命的機會。

半年前在電車上遇到的老婦人，也就是因為看出了這個部份，才會和自己說那麼多吧。

——這樣的女人是不容易抓到幸福的。

翔子不由得又苦笑了一陣……不過，我已經跟她約好了啊！

那麼，「SHOKO」也要加油！

雖不知道是哪個字，但是我已經跟小SHOKO約好了，非得抓住幸福不可。就像那對在仁川下車的小情侶一樣，讓身邊的人能感覺到幸福的能量。若是再有機會，希望自己不再會因為那股能量而感到痛苦。

樓梯上到一半的時候，身後的列車正好也進站了，車門開啟後，又往月台吐出了一批乘客。

「咦咦咦？」

在吵雜的人潮中，出現了一道特別大聲的驚訝聲。接著就是一陣踩上樓梯的輕快腳步。

唔？這個方向……這個距離……被那個聲音鎖定的該不會是我吧…？翔子忍不住回頭一看……

「啊！果然是剛才的大姐！」
從身後追上來的，是在西宮北口有一面之緣的女大學生。兩人之間的緣份，則是建立在那個被歐巴桑丟到空位上的名牌皮包。
「怎麼回事啊？大姐妳不是坐上一班車走的嗎？」
「妳才怎麼了呢，怎麼比剛剛晚了一班車？……啊，該不會是妳跟那些歐巴桑起爭執……」
「沒啦沒啦！」
女大學生邊搖著手邊說道：
「剛剛去『品味』了一點精妙的人生啦！」
這回答令翔子噗地一聲笑了出來。
「其實我也在下車之後，品味到了一點人生的精妙之處呢！」
兩人並肩走向往西口的剪票口，這回換女大學生笑出來了。
「雖然還搞不太清楚狀況，不過這還真巧耶！」
「是啊！」
心情似乎漸漸開朗起來了，幸福的種子或許就從這裡開始發芽了也說不定。
「如果有時間的話，要不要去一起喝杯茶？我剛剛品味到的東西可相當不得了呢。」

「好啊！我也正好想跟大姐講一下我碰到的精妙人生哩！」
「為什麼？跟我有關嗎？」
「有關有關，太有關了，大姐就是當事人咩！」
哦！這麼說來一定跟那些歐巴桑有關囉？好奇心馬上就被勾了起來！
「可是我才剛剛搬來沒多久，對附近的店還不太清楚呢……妳對這一帶熟嗎？」
「駒之道那邊會不會太遠？那邊有一家義大利家庭餐廳，點它們下午茶蛋糕套餐，咖啡可以一直續杯喔。」
「呃……駒之道是在……」
「就中津濱線。」
「啊！我大概知道了！不過馬路直接右轉，路上是不是有一間藥妝店？」
「對對對，就那裡！那邊雖然便宜，不過東西還真的蠻好吃的喔。」
既然是女大學生挑的店，價位應該不會太高吧。其實一頓下午茶也不是請不起，要請客的話不管上哪裡都沒關係了，不過翔子今天並不想請客。
眼前這個女生雖然跟自己差了些歲數，不過應該會成為很親密的朋友。
要是一開始就請人家，彼此之間在意識上馬上就會出現高低差距，這樣的意識很容易妨礙到一段好的緣份。所以這種時候最好是以人家的金錢感覺為準。
「不過那家店對大姐來講可能有點寒酸說……」

果然吧，人家還是會介意的。

「沒這回事，就算出了社會，獨居的上班族也是很辛苦的。奢侈就是要偶一為之才有它的價值嘛。平常我最喜歡迴轉壽司，還有超市關店前的特價品了。」

「那我就放心了！」

不認識的人可能會以為我們是姊妹吧。翔子愈想愈開心。

加油，這就是邁向幸福的第一步。

到了這年紀，其實已經不太容易拓展人際關係了。不過在喝完這頓下午茶之後，一定會多一位意氣相投的好朋友。

逆瀨川站

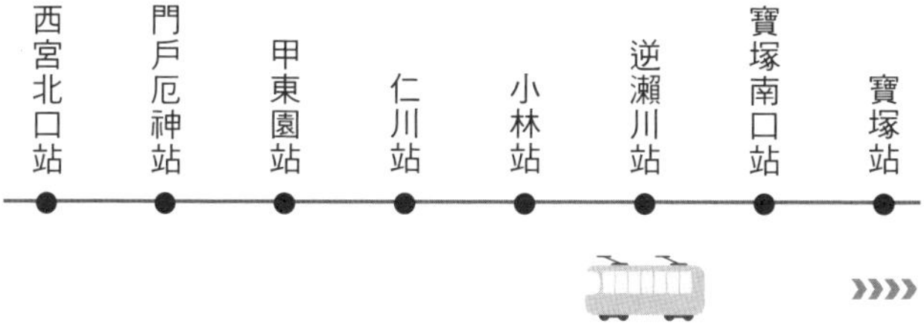

唉呀，又碰到你們啦！

站在往寶塚方向的月台上，時江看著身旁那對年輕男女，默默在心中說道。

人一旦上了年紀，時間就過得愈來愈快。一個年頭常常不知不覺就晃過去，更不用說才經過半年了，彷彿跟昨天才發生的事一樣。

那個大大印著「國際名鼠」的帆布包包，把時江半年前的記憶又勾了出來。

當時是在對面月台，就在樓梯上到一半的地方。

此時站在女生身邊的男生，那天氣喘吁吁地追上樓梯，鼓起十足的勇氣對女生開口。而女生也笑著接受了他的邀請。時江碰巧從樓梯走下，目睹到了這段感情萌芽的瞬間。當時萌芽的感情似乎發展的十分穩定，此刻兩人正輕輕牽著手，有說有笑地等著電車進站。

時江正拎著一個裝著迷你臘腸狗的小籠子，和孫女亞美一起等車。亞美一直想給牠取個什麼「瑪隆」、「巧克力」之類的洋名，不過取名字是時江身為主人的特權。

原本是打算養國內品種的狗，不過查過以後才發現，日本犬的種類裡不太有小型犬。連算小隻的柴犬，每天都需要相當高的運動量，對時江這種上了年紀才要開始當飼主的人來說，畢竟還是有些難度。

也有一種叫做「豆柴」的狗，不過很多豆柴長大了都跟一般的柴犬沒多大差別，這對時江來說風險太高了。

結果還是挑了一隻黑色的長毛迷你臘腸狗來養。雖然在狗的種類上順了亞美的心，不過取名字的特權可不能讓給這小孫女。

小臘腸狗的名字叫做「健」，從前老家養的那隻甲斐犬也叫這個名字。那隻「健」一直活到兒子上幼稚園，不過兒子似乎已經不記得這個名字了。兒子在聽到小狗名字的反應是「好普通的名字喔」。

亞美一直堅持該給小狗狗取一個更可愛的名字。誰管妳啊，時江不是一個會在這種地方縱容孫女的奶奶。

過了半年，小亞美也已經習慣這名字了。常常為了狗狗吵著要去睡奶奶家。昨天也是這樣，媳婦在幼稚園下課後又把亞美託給了時江。自從養了「健」以後，時江的老房子愈來愈像管吃管睡還管過夜的托兒所了。

「奶奶！健的籠子讓亞美來提！」

「不行啦，剛剛不是連下樓梯都沒辦法嗎？」

「只是等車就提得動了！」

要是在月台上拗起來就麻煩了，時江無可奈何地把籠子遞給亞美。

「再往後退一點。絕對不可以掉下地來喔，要是拿不動了馬上還給奶奶。」

不放心的時江在交給亞美之後，暗中還是輕輕撐著提手，要是亞美不小心鬆手的話，自己也好馬上抓住籠子。

結果亞美還沒拎到電車進站就放棄了。

「奶奶還妳。」

「我剛剛就說了吧。」

就在時江接過亞美遞回來的籠子時，平交道的鈴聲才終於響了起來。

之前還在煩惱，可別讓這小姑娘在月台上鬧彆扭，不然上了車就容易給人添麻煩了。不過就結果而言一切都是白操心，這麼特別的乘車經驗，平常還真不容易碰到呢。

車門打開的那一瞬間，車裡就爆出了女性高揚尖銳且旁若無人的談笑聲。若是學生或小孩在電車上鬧成這樣，一般人通常也是搖搖頭探口氣，苦笑一下就算了。然而說也奇怪，若對象是上了一定年紀的女性，馬上就會令人不自覺地皺起眉頭來。

總而言之，車廂裡其中一排椅子有半數以上都被這群婦人所佔領。她們那音量還真不是普通大。坐成一排的五六個人為了聊上同一個話題，每個人講起話來都在用喊的。

看來這群人就是這節車廂乘客為何特別少的主因。車上所有人都用露骨的目光與表情表達不滿，然而正聊到興頭上的婦人們卻一點都沒發現周圍乘客的眼神。

由於實在是太吵的關係，被嚇壞的健在上車時嗚嗚地用鼻子哀了一聲。其中一位太太聽到了狗的聲音，轉頭過來瞄了一眼時江提著的籠子，眼神裡充滿了輕視。

雖然是從她們座位旁的車門上車，不過這時候還是離這些人愈遠愈好。時江牽了亞美的手，站到了另一側的車門邊。或許對亞美而言，她們就像南國那種嘎嘎叫的大嘴鳥一樣稀罕吧，一對小眼睛直盯著人家瞧。小朋友就是容易對聲光起反應，沒辦法。更何況這是連大人們都難以忍耐的噪音，也不可能要求小丫頭當作沒聽見。

而且，亞美正處在一個對周圍事物最好奇的年紀。

「奶奶！」

亞美抬頭叫了聲奶奶，然後轉頭望著那群太太們問道：

「那些人明明是大人，可是為什麼那麼吵呢？」

因為這些人實在太吵，擔心奶奶會聽不清楚自己的問題，亞美還問得特別大聲。瞬時全車都靜了下來，甚至還有幾個乘客噗嗤一聲笑了出來。

「前幾天亞美參加幼稚園遠足的時候，老師告訴我們在電車裡要安靜不可以亂吵。當了大人以後就可以了嗎？」

這下又多了好幾個憋不住笑的乘客。

時江低頭看著自己這個寶貝小孫女。

妳還真是會挑地方來找麻煩哩，是遺傳到誰了哪？

太太們也停止了談話，吊起了一雙眼朝這邊瞪了過來。

「喂！妳小孩子是怎麼教的啊！」

首先發難的是坐在中間的那位，看起來應該是這群婦人幫的老大。

時江也回過頭來，靜靜地對她們說道：

「我只教了孫女一些最基本的常識。」

這句回答再度勾起了周圍的笑聲，而太太們更是氣到臉都漲紅了。

「什……什麼叫常識！帶著狗上電車也叫做常識嗎？受到這種亂七八糟的教育，這孩子的將來怎麼了得！」

好樣的，這下是直接衝著我來了是吧？有資格對這孩子的未來表達意見的，應該只有我跟她爹娘而已吧！

時江一手拎著狗籠子，另一隻手牽著小亞美，一步一步地，往那群婦人的方向走去。

穩定而有節奏的步伐一點也不像是上了年紀的腳步。太太們似乎有些害怕，大概是沒想到對方會真的走過來吧。

在她們面前站定的時江開口了，吐出的聲音正如她多年前在高中教書時一樣，堅定而有力。

「請您聽仔細了。只要支付規定的金額，並準備好寵物的籠子，乘客是可以攜帶貓狗乘坐電車的。我和孫女遵守了這項規定才帶著狗上車，而這是寵物用的車票。」

時江把貓狗用的車票從皮包裡拿出來，秀到她們眼前。

「您剛才說我帶著狗坐電車沒常識，很明顯的這是缺乏根據的指控。我剛剛所陳述的是阪急電鐵定下的規則，要是您有意見的話請向阪急電鐵反映。」

這時婦人們開始模糊焦點了。

「臭死了！」

出聲的是剛才上車時，帶著不屑表情盯著籠子的太太。而且不是對時江，而是對著亞美放槍。

「不要靠過來啦，這狗臭死了！」

亞美一張小臉氣得紅嘟嘟地喊道：

「才不臭呢！亞美今天才幫健洗過澡說！健一直都有乖乖洗澡的說！」

知道唇槍舌戰不是時江的對手，於是就把箭頭轉到小丫頭身上了。

這下子該怎麼料理呢……正這麼想著，身旁的年輕女性突然插進話來：

「怎麼可能聞到狗的味道呢？」

說話的是那對半年前曾有一面之緣的女生，肩上掛著的「國際名鼠」帆布袋正是她的正字標記。

「這一帶的香水味濃到都要讓人打噴嚏了呢！」

「對啊，熏到我都要暈車了。」身旁的男朋友也點頭表示同意。

這個漂亮女生對著剛剛說話的太太露出了一個爽朗的微笑，然後接著說道：

「似乎是相當高級的香水呢，不過您可能不太清楚香水正確的擦法吧，只要在耳後和兩手腕輕輕噴一下就好，不需要像除汗劑那樣朝自己噴一大片喔，這樣反而容易給周圍的人帶來不快的。各位的嗅覺可能已經被自己給弄麻痺了沒感覺吧，在這裡要是還能聞到狗的味道，那您的鼻子可真比狗還要厲害了。」

這一翻教訓似乎把所有人的心事都點破了，婦人們雖都漲紅了臉但卻無力反駁。

「這狗狗剛洗過澡的香味一定還比較好聞。」

聽到大姊姊的誇獎，亞美開心地點了點頭。

「健的洗毛精是花香味的喔！」

真的啊？好棒喔！女生笑著回完亞美後，把頭轉回那群婦人。而這時臉上已不帶有一絲笑意。

「當人類真好，就算吵得比狗還誇張，也不需要像狗一樣被關到籠子裡。」

原本是時江與那群婦人之間的紛爭，卻變得完全是這小姐在跟對方針鋒相對了。

唉呀！這怎麼好意思，得趕快想個法子把砲火引回自己身上才成……正這麼盤算的時候，女生的男友在絕妙的時機添了個漂亮的結尾。

「車站售票機沒在賣公德心的嘛！」

這時車廂傳來了車掌的廣播：

「下一站是寶塚南口──寶塚南口站──」

坐在中間的太太唰地站起身來。

「大家在這裡下車吧！」

「可是今天不是要去寶塚……」

「被這些人給搞得沒心情了！今天去寶塚大飯店用午餐吧！」

隨著電車慢慢減速，太太們也開始慌慌張張地準備下車，進站後車門才剛開，所有人就轟地一聲全下了車。車廂裡僅殘留著濃濃的刺鼻香水味。

特別把沿線首屈一指的高級大飯店名號給搬出來，感覺只像是敗家犬落荒而逃之際所放的屁。

「哇……一次殺進那樣一群阿嬤，寶塚大飯店可要頭大了。」

「對人家飯店怪不好意思的……」

女生露出了過意不去的表情，時江在旁邊接口了：

「別擔心，以寶塚大飯店悠久的歷史與應對客人的技巧，人家不會把這點小災難當回事的。」

那就好。女生笑著鬆了一口氣，並肩作戰的三人自然而然聊了開來。婦人們下車之後雖然空下了不少位子，不過為了避開那濃烈的香水味，他們不約而同移到另一側的車門邊繼續站著。

「得好好跟你們道謝才行，謝謝兩位出手相助啊！」

「沒什麼啦……」

女生有點害羞的低下頭來，男友用手肘輕輕頂了她一下：

「看不出來妳手腳蠻快的嘛！」

男生對著時江笑道：

「這傢伙就是顧前不顧後，我也常被她搞出一身冷汗哩！」

別光說人家，你酸起人來的功力可不比女朋友差啊。不過時江沒有把這話說出來。

「不過剛剛我也是覺得沒必要去攔住她啦！」

看來女生平常是很聽男朋友話的。

「也謝謝你願意讓她仗義執言啊！幫了我大忙了。」

「一開始我也有點擔心會不會是多管閒事……」

男生有些賊賊的笑著繼續說道：

「照您的攻擊力看，那些人應該完全不是對手啦，只不過您帶著孫女又拎著狗狗，想說改用包圍戰術會不會好一點這樣……」

「說得沒錯，的確幫我省了不少工夫。」

果然一開始您就有必勝的自信了嘛！男生聽了時江的話又笑了起來。
女生蹲了下來看了看籠子裡的狗狗，轉頭問向亞美：
「是迷你臘腸狗吧？好可愛喔！妹妹養的嗎？」
被大姊姊這麼一問，亞美高興的正要點頭的時候，時江插進嘴來說道：
「不，是我跟外子的狗。」
亞美一臉不服氣地鼓起了腮幫子。
「亞美也有照顧牠的說……」
「妳只是『幫忙』照顧，養牠的是奶奶跟爺爺。」
「爺爺不是已經去天國了……」
「不是跟妳說了好幾遍了嗎？儘管爺爺不在，健還是奶奶爺爺養的狗。」
就這一點，時江絕對不會有絲毫讓步。
「要是想要養自己的狗，就等妳將來自己可以負起責任的時候再來養。」
「亞美就是想養健嘛！」
眼前的兩人帶著訝異的表情看著時江與亞美的攻防戰。或許這不太像是一般祖母跟孫女會有的對話吧。
對上了年紀的人來說，疼孫女該是天經地義的事。住附近的老鄰居也常對時江說：「難得孫女上門來玩，妳偶而就順著小丫頭一點嘛！」

「不行。健是我跟他爺爺的狗。」
那個被甲斐犬的健咬傷屁股，從此開始怕狗的老公……
我可是為了不讓他害怕，所以才挑了現在這隻小型犬呢！
「奶奶壞死了啦！」
「就讓妳說啊，奶奶一點也不介意。不過不許在車上鬧，要是要賴的話我們就不去狗狗樂園了。到了花之道也沒霜淇淋可以吃。」
「花之道」是寶塚車站往寶塚劇場路上的步道，道路兩旁種了不少四季花卉。步道旁有間購物中心，裡頭開了不少有個性的小店。亞美最愛吃其中一家點心店的霜淇淋。
「壞死了……」
小亞美雖然還是很不甘心，但還是把聲音壓小了。
男生看到這一幕不由得哈哈大笑：
「您還真是連對上孫女也毫不手軟哪！我還以為全天下的奶奶都是對孫子孫女有求必應的哩！」
「大概是我個性古怪，不太能用世間一般的標準來衡量吧。」

時江若無其事的答案又把男生逗到抱著肚子憋笑，這時女生在身旁輕輕拉了拉男生的袖子。

「對不起征志，我有點暈車……」

跟剛剛比起來，女生的臉色的確變得有些蒼白。

「啊，是被香水熏的吧？要不要換節車廂？」

男生扶住了站不太穩的女生，轉頭對時江說道：

「不好意思，我女朋友很容易暈車，大概是因為剛才那些香水。我們到隔壁車廂去了。」

那群太太下車以後，殘留的香水味已經比剛才散掉不少。不過這僅存的味道已經足以讓這女生感到不適了。

「真不好意思啊，都暈車了還讓妳幫這麼多忙。」

女生抬起了蒼白的臉微笑道：

「不會的，其實是我自己看不下去。那些人實在太過分了，連香水都不知道怎麼擦，在那邊胡說八道些什麼嘛！所以想說在其他乘客面前好好削一下她們面子。」

「真有個性。」

跟我年輕的時候好像，不過補了這句話人家也未必會高興，所以這句話就沒再接下去。

「那我們先告辭了。」

男生對時江輕輕點了個頭，扶著女朋友往後面的車廂走去。

原來那男生叫做征志啊……

可惜沒順便問一下那位小姐叫什麼名字。

寶塚南口站

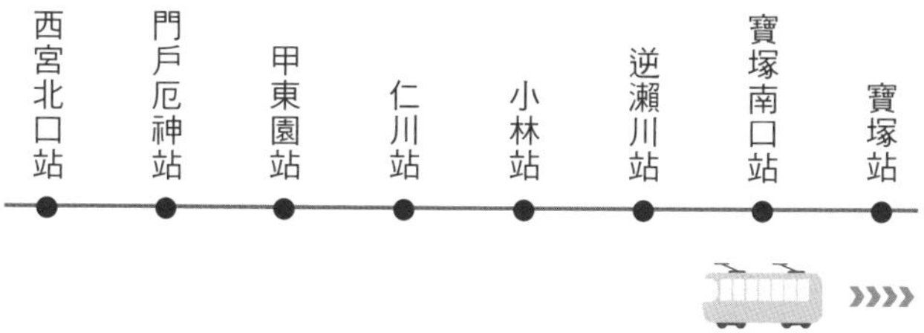

告別了那位有意思的老奶奶與她的孫女後，征志扶著女朋友走到了最後一節車廂。

「阿雪，沒事吧？要不要待會兒在寶塚休息一下？」

女生扶著征志的肩膀搖了搖頭：

「謝謝，不過不要緊，這裡已經聞不到香水味了。」

「坐一下吧？」

車廂零零散散地空了不少座位，不難給阿雪找到一個人的位子。

「不用了，就一站而已，我跟你一起站著。」

每當電車經過武庫川的鐵橋，這兩個人一定會站在門邊的位子。是哪一扇門不重要，不過一定是站在面朝武庫川上游的車門邊。

從這裡往下望去，可以看到一大片沙洲，雖然現在這片沙洲並沒什麼特別的地方……

兩人第一次互相交談的時候，這片沙洲上，被人用石頭推起了一個大大的「生」字。

發現了這個沒有太多人注意到的景點，阿雪第一個念頭，就是「好想去喝杯生啤酒」。話題從這裡起了頭，兩人就這麼在電車上聊了起來，而當時的阿雪對征志來說，只是一個自己單方面認定的「競爭對手」而已。

一個在中央圖書館，將自己相中的書搶先一步借走的對手。雖然不甘心，但這位對手正是自己喜歡的女性典型。

而這個女生在逆瀨川下車時卻對自己說道……

下回碰面的時候一起去喝一杯吧？

中央圖書館啊，你不是也常去嗎？所以說下次碰面的時候嘛！

原來不光是自己，對方也老早就注意到我了。發現這個事實的一瞬間，全身立時竄過了一道電流。

趕在車門闔上前衝出電車，追上了那女生，氣喘吁吁地對她說：「別說下回碰面，要喝的話不如今天去喝吧！」，幸運的是對方也還單身，爽快地接受了征志的邀請。而在那之後的發展，也順利到令征志懷疑起自己的好運。幾乎沒費上什麼工夫就輕易和對方交換到了聯絡方式。

而兩個人的約會，則大多是約了在逆瀨川會合，然後一起到中央圖書館看書。這種比時下的高中情侶還要身心健全的約會，唯一勝過高中生的，就是偶而在離開圖書館後，那頓附帶酒精飲料的晚餐。

每當去圖書館的路上，兩人總會在電車上一起看著橋下的沙洲。

「還在耶。」

「嗯，還在呢。」

很明顯地一定有人持續在照顧沙洲上那個大大的「生」字。到了夏天雜草叢生的季節，眼看著大字就快被草葉淹沒了，過幾天再看，雜草就被清乾淨了。而當排列的石頭漸漸移位，「生」的字型開始顯得有些模糊的時候，沒多久後就又被排得整整齊齊的了。而這神祕的定時維護也持續了相當長的一段時間。

不過在經過颱風跟雨季所帶來的河面上漲後，沙洲畢竟還是被河水給淹沒了。雖然現在河面已回到了原位，不過沙洲上已再也找不到大字的痕跡了。

「不見了耶。」

「嗯，終於不見了。」

「撐得很辛苦吧。」

「是啊，真難為它了。」

就在這樣的對談間，兩人也發展到了會互相在對方住處過夜的關係。

圖書館的約會，以及偶而附帶的晚餐。

征志透過這個「偶而附帶的晚餐」發現，她是一個相當好飲的女生。既然是一個光從石頭堆起來的「生」就馬上聯想到生啤酒的人，這樣的發現也沒有讓他太意外就是了。當征志在樓梯上鼓起勇氣對她提出邀請時，被帶去的也是阿雪常去的居酒屋。一個單身女子會有「常去的居酒屋」，光從這一點就可看得出來她是很能喝的了。

其實征志也不是不能喝的人，但是阿雪的海量卻讓他懷疑，哪天要是自己認真和她拚酒，最後多半也會敗下陣來。

而且阿雪還是一個喝不垮的人。無論當天喝了多少，離開店裡的時候一定是穩穩當當地毫無破綻。無機可趁的征志，也就只好維持住同樣的約會模式，放著給它繼續健康明朗下去了。

隨著中元時分的到來，終於給他等到了打破這面銅牆鐵壁的契機。

征志的職場有一項傳統，只要公司收到的中元禮品不是生鮮食物，所有禮品到最後都會集中起來成為員工抽獎的獎品。由於公司也算小有規模，禮品的種類自然也頗為豐富，不但中獎名額多，獎品內容也都還不壞。

雖然常有滴酒不沾的人抽到啤酒禮盒，而酒罈子卻抽到果汁、甜品之類的例子，不過開完獎後同事間是可以自由交換獎項的。

今年征志抽到的是全公司的酒豪都在虎視眈眈的獎品：土佐銘酒「桂月」。滿滿的一升瓶裝。是每年都會送來各地名酒的客戶給的中元禮品。

不知道有多少同事跑上門來打這瓶酒的主意，如果是在去年，或許征志也就隨隨便便換出去了。自己對酒也沒那麼熱情，對獨居的單身漢來說，啤酒禮盒還比較容易一個人解決。

不過，今年可不一樣。

「喂，單身漢想一個人打發一升瓶不容易吧，別擔心，我來幫你解決啦！」面對前輩與上司們的軟硬攻勢，征志總是這麼回答：

「各位在家裡頭通常也就是一個人喝嘛，同樣是一個人，偶而我也會想喝點好的啊！」

同事也都明白，只要沒打算一晚上全幹光，征志的酒量也沒差到喝不動一升瓶。最後終於讓征志抱著這個中元獎品平安回到了家。

其實自己也沒特別喜歡清酒，不管喝什麼都很隨性，也不太講究什麼牌子，自己一個人的時候又不常喝酒。不過若是碰上談得來的朋友就會喝很多了，更何況，現在自己身邊就有一個愛喝酒的女朋友。

每當阿雪喝到好酒，從表情就可以看得出來她是真的很開心。

阿雪從兩人剛開始交往時就定下規矩，除了彼此的生日以外，在外頭吃吃喝喝一律平均分帳。因此每當她想點貴一點的酒時，一定會先取得征志的同意。

而在點了酒之後，一定會全心全意去享受這一杯特別的好酒。由於那張表情實在是太幸福了，征志常勸阿雪乾脆再續一杯，然而阿雪卻從來不聽勸。她似乎給自己定下「一頓晚餐裡好酒絕不超過一杯」這樣的原則。而這一杯一定會喝得十分珍惜，與其說她在「喝酒」，不如說是在「品酒」。

這樣的阿雪，就算被公司的同事上司勸酒，多半也會笑著回說「要是喝到嚐不出好酒的美味就可惜了」吧。想像著阿雪在其他場合暢飲的畫面，征志總是掛著微笑，靜靜地看著她品嚐今晚唯一的那杯好酒。

除了想讓女朋友喝點難得的好酒，征志也期待這瓶「桂月」能為他引出一點阿雪的「可趁之機」，更何況征志有十足的把握，她一定會被這個理由釣上。

回家之後馬上給了她電話：

「因為一些緣故，我弄到了一瓶叫做「桂月」的日本清酒……」

總不能自己帶著酒上人家店裡，想喝的話不是去她家就是來我家吧？

「『桂月』！你是說土佐出的那個『桂月』嗎？」

阿雪的反應還真是不負厚望啊。竟然會對一個沒啥知名度的牌子有這麼大的反應。

「以前曾經在大阪的店裡喝到過……真是讓人難忘的好酒啊！」

看來她正在回憶過去的味覺，整個聲音都軟了起來。

「當時有一個老家住高知的，那人說會在店裡放「桂月」的居酒屋非常難得，要我一定得把握機會喝喝看。」

確實，一般有賣地方銘酒的店，若是有擺高知縣的酒，通常都是「土佐鶴」、「醉鯨」這類參加過全國比賽的牌子。

「然後那天還聽到了好玩的事喔。一般來說啊，若是沒有好的水源跟好的酒米是釀不出好酒的。你看嘛，有名的銘酒大多出自產米的地方不是嗎？像是新瀉之類的。高知的鄉下雖然有好水，可是稻米並沒有特別出名對吧？」

嗯嗯沒錯，的確沒聽說過高知有產什麼特別的好米。

「所以要跟人家比酒，一開始就落後了人家一截。可是像『土佐鶴』這類的牌子，卻已經在新酒評鑑會奪下好幾回金牌了。記得最近才連著十五屆還十六屆連續得冠，前前後後算下來至少拿了三十幾面金牌了。明明條件不比人家好，為什麼實力會這麼強呢？」

「呃……是有啥特別的獨家技術嗎？」

「錯！照那個人的說法啊，是高知縣民靠著對酒的一股傻勁跟狠勁，硬把先天不利的環境條件給踹飛了！」

高知出酒豪這句話的確是全國有名。有個笑話是這麼說的：某人問個高知姑娘酒量如何，人家答說：「就兩三杯而已」。某人聽了就懷起鬼主意想灌醉這姑娘，結果卻發現怎麼灌都灌不倒。搞了老半天才弄清楚，在高知喝酒都是拿獎盃在喝，一個人兩三「盃」就等於一般人的兩三瓶了。由於這笑話太有名，幾乎已經被全國當作調侃高知酒客的笑柄了。

靠著傻勁跟狠勁硬把不利條件踹飛的實績，雖然不知道這究竟是真是假，不過光就故事而言，聽起來倒是還蠻有意思的。但是此刻拿著電話的征志卻笑不太出來。他從阿雪興致勃勃跟自己講的這個故事聽出了一道陰影。

到了這年紀，每個人多少都會有些過去。若是講故事的那個人對阿雪曾經有過特別的意義，而這樣一個人到現在還常在阿雪身邊……想到這裡征志就感到一股不安。

「那個老家在高知的……是妳公司的前輩嗎？」

「是啊，跟我同一個部門的。」

跟我說得那麼輕描淡寫，假如兩人曾經交往過的話，那分手的時候一定分得非常漂亮。但若對方整天在公司裡和阿雪朝夕相處，實在很難保他們不會舊情復燃……

這時，電話另一頭的阿雪故意補充了一句：

「應該算是個有著『就兩三盃』歪腦筋的前輩吧……」

「妳早說嘛……」

征志這才鬆了一口氣，全身虛脫。阿雪透過話筒小小聲地問道：

「吃醋了嗎？」

「……雖然不想承認，不過的確被酸到了。」

「對不起啊，不過這樣我也放心了。」

還沒來得及問清楚她放了什麼心，阿雪就把話接了下去。

「到你家喝吧，是小林嗎？」

最後決定了約阿雪週末來小林。晚餐就在家裡弄些簡單的鐵板燒吃，匆匆決定了細節後，阿雪便隔著電話對征志道了晚安。

當天，征志在家花了很多時間大掃除，掃完了正好也到了該去車站接阿雪的時候了。

在車站旁的超市買齊了晚餐的材料，兩個人一起走回公寓。路上經過圖書館的時候又掀起了一陣風波。

「對耶！西圖書館就在小林嘛！征志，你該不會同時在跑西圖書館跟中央圖書館吧⋯⋯？」

「呃⋯⋯都有啊⋯⋯」

「不─公─平！」

「哪有不公平，妳家不是住逆瀨川嗎？就隔壁而已，坐一站就到啦。」

「可是從逆瀨川出發的話，西圖書館和中央圖書館是反方向啊！又沒辦法跑一趟就兩邊都去到！⋯⋯早知道當時就在小林找房子了啦！」

「逆瀨川也沒啥不好嘛，環境好住，而且不也有蠻大的書店？」

「是沒錯啦……」

說著說著兩個人也走到公寓前了，征志把阿雪請進了家門。

看著平常天不怕地不怕的她突然怯生生的，征志覺得相當新鮮。或許是因為緊張吧，阿雪眨著一雙大眼睛在房裡東張西望。

「收拾得很乾淨嘛！」

「才剛打掃完的關係啦，平常比這要亂多了。」

「嗯……不過這廚房確實有點糟……」

和大部分的單身雅房一樣，廚房被勉強塞在玄關的旁邊。說是廚房，其實也就是一塊窄窄的流理台、和一個平常幾乎沒在用的電熱式爐口而已。平常要是有朋友來家裡，征志通常也就是把卡式瓦斯爐或是插電的鐵板燒拿出來，暫時頂著用而已。

也就是因為事前知道這樣的調理環境，阿雪才會提議今晚來弄鐵板燒。

「平常你吃飯都怎麼解決？」

「便利商店的飯糰囉，再不就在剛剛那間超市買些現成的回來吃。」

「哇—光聽就知道蔬菜不足，今天可要多吃點補回來喔！」

阿雪邊說邊走向流理台，在那間小小的廚房開始切起青菜。

因為是約了傍晚碰面，開飯的時候自然是晚餐時間了。

在電熱鐵板上燒了些蔬菜跟幾片肉以後，征志終於把今晚的主角「桂月」給請了出來。興奮的阿雪不禁發出了一陣歡呼。

「哇！一升瓶耶！別一下就喝光喔，不然太浪費了。」

這麼說是打算下次再過來嗎？還是我可以帶著瓶子上她家？征志聽不太出來阿雪這句話背後的真意。

真是奢侈，我們竟然在拿「桂月」開喝耶！阿雪開心地把嘴湊上杯子。征志雖是第一次接觸，一口下去也就馬上明白阿雪興奮的理由了。

「要再來一杯嗎？」

阿雪苦惱了老半天，最後終於點了點頭。不過在喝完第二杯，征志正要替她倒上第三杯的時候，阿雪用手蓋住了杯口。

「這留到最後一杯再喝。」

既然她這麼說，那在喝到最後一杯前，就拿些剛在超市補的啤酒來串場吧。兩人就這樣一邊看著電視、一邊天南地北地胡聊，終於……時鐘的短針悄悄越過了十二點。

長針也在一格一格往前推著，然而兩人都刻意裝作沒在注意。不久後，從遠方傳來了平交道的聲音。

「那應該是阿雪的末班車。」

征志若無其事的說道。而阿雪也只淡淡地回答「我知道」。

「今晚睡這裡吧？」

「現在才說要送我回去的話就哭給你看。」

阿雪拿著杯子站起了身來走向廚房。征志聽到隔壁傳來沖洗杯子的水聲，不久後阿雪踩著毫不蹣跚的腳步回到了房間。

「最後一杯，喝完以後再跟你借浴室。」

征志為阿雪倒上了這最後的第三杯「桂月」，阿雪也想幫他添一杯，不過征志卻搖了搖手。

「我酒量沒妳好，喝到這邊就可以了。」

為了讓自己清醒些，征志扭開了一瓶礦泉水。

阿雪一滴一滴地啜著杯裡的酒，帶著抱怨的語氣輕輕說道：

「我一直在擔心你會不會不想跟我過夜。」

「怎麼突然說起這個？」

「因為你一直都不採取行動嘛。」

「想要我有行動的話也得給我機會嘛！像今天都已經超過十二點了，妳在喝好酒前都還清醒到記得先把杯子洗乾淨。我們平常還都是在外頭喝哩。一直那麼清醒是要我怎麼敢隨便行動嘛！至少製造一點讓我好開口的氣氛啊！」

不過反正妳今晚也逃不掉了啦……聽到征志最後這句像是在裝酷的台詞，阿雪嘻嘻一笑，將剩下的桂月一口喝乾。

「妳不是一直說這樣喝很浪費嗎？」

「得趕快跟你借浴室嘛！」

把自己放在比品嚐好酒還要優先的位置……這或許就是阿雪最頂級的愛情表現吧。

過了鐵橋，從電車上漸漸可以看到寶塚音樂學校的大樓。米白色的磚牆上罩著橘紅色的屋頂，這棟可愛的建築設計得簡直像是從圖畫書裡搬出來似的。

寶塚站前的轉彎令車身晃了一下，站不穩的阿雪及時抓住了征志的手腕。

會像現在這樣毫不猶豫地將征志當作依靠，也是從那一天開始的轉變。

列車緩緩地滑進了終點站，車門再度湧出了所有的乘客。

征志與阿雪從遠處看到了老太太與孫女的身影。拎著狗籠的她在人群裡並不難找。兩人對著祖孫招手打了聲招呼，對方也朝向他們的方向揮手告別。剛才就有聽老太太說要在寶塚下車，祖孫倆牽著手，在下樓梯的人潮中漸漸消失。

而征志與阿雪則走到對面月台，一起坐上了從寶塚開往梅田的列車。

接著回到

寶塚站

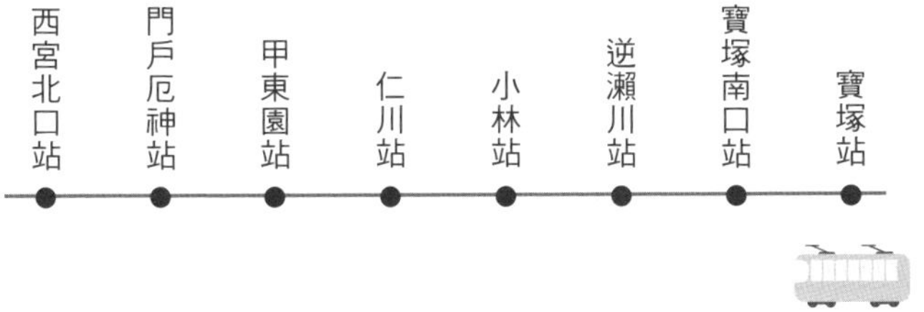
西宮北口站
門戶厄神站
甲東園站
仁川站
小林站
逆瀨川站
寶塚南口站
寶塚站

在共度了那一夜後，兩人聊了許多，更問清楚了許多原本彼此不知道的事。

征志認為阿雪總是搶在自己之前去借他想看的書，不過阿雪其實也早對征志的書單感到興趣了。

好厲害喔……為什麼會曉得這麼多有趣的作品呢？有機會真想問問看。

自己擅自把人家當成競爭對手，可是人家卻是那麼單純地在看待自己……征志覺得怪有罪惡感的。

想說一定要找個機會試著跟你說說話，可是又擔心會被你當成怪女生。

搶書一直搶不過妳，那時候真是不甘心。而且妳借的那些書還真的都不錯。

所以你以前很討厭我囉？

就是因為妳正好是我喜歡的那一型，我才特別嘔嘛，不過，這樣講妳大概也不懂吧？

嗯，完全不懂。你也是我喜歡的型啊，可是我一點也不會覺得不甘心。發現跟你坐到同一班電車時好開心喔，想說終於有辦法製造跟你說話的機會了。

所以轉車的時候妳是故意坐到我旁邊的囉？

對啊，好想讓你也看看那個沙洲上的大字。

為什麼？

要是你也會對這個話題起反應，就表示我一開始就沒看錯人。

原來我是被妳給釣上的，謝謝妳啊！

幹嘛謝我？

要是沒跑來釣我，我絕對沒膽子去跟妳說話。撐到後來大概也就是想辦法說服自己「其實這女的多半也不怎麼樣」，最後就把妳當成酸葡萄了。

可是你還是跑下車追過來了呀！

所以我說是被妳給釣上了嘛！

好棒喔，我們早在一開始就互相喜歡對方了耶。阿雪為這段對話下了一個幸福無比的結論。

由於這班往梅田的電車是普通車，車廂內空蕩蕩地沒幾個人。儘管只坐一站，兩人還是找了個空位一起坐了下來。

在等電車出發的這段空檔，征志對阿雪問道：

「妳想不想知道沙州那個大字是什麼意思？」

儘管那個大大的「生」字現在已經消失了，但那片沙洲對兩人還是有著特別的意義。

自從阿雪告訴自己那個大字的存在，征志就自己跑去查過了。現在他很清楚那個「生」字帶有什麼含意。

阪神淡路大震災之後過了好幾年後，一位藝術家設計了這樣一件作品放在沙洲上，象徵著重振社區的祈願。

過去據說曾經修補過一次，依照兩人相識的日期來算，在電車上看到的應該是修補過後的作品吧？

「不想。」

像當初征志第一次在電車上碰到她時一樣，阿雪對真正的理由並不感興趣。

「我自己清楚那個大字對我有什麼意義就好了。」

「什麼意義？」

「幫助我們兩人走到了一塊的月下老人。」

阿雪邊說邊合起雙手拜了一拜。

最早看到大字的聯想可是「生啤酒」啊，要是被那位藝術家聽到了大概會哭笑不得吧。無論何時，阿雪一定都是取那個最無害的假設，比方說那個「無傷大雅的惡作劇論」，所有的結論都是那麼地善良而純真。

所以就別在她面前宣佈答案了吧。

那個曾經躺在沙洲上，蘊藏著深刻含意的大字「生」，對她而言是不需要任何說明的。就當那只是一個可愛而又無害的大玩笑吧！或是當它純粹是為了我們而存在的月下老人也行。

當初我不就是喜歡上她這一份純真嗎？

「我說……阿雪啊，妳之前不是說我可以同時跑兩間圖書館很不公平嗎？」

「對啊，到現在我還是覺得很不公平。」

「那麼……」

月下老人也好、沙洲大明神也好……

就像之前您保佑她釣我上鉤一樣……求您千萬也要罩我這一回！

「要不要一起在小林找房子？」

阿雪抬起頭來望著征志，睜大的雙眼掛滿了驚嘆號。

「為什麼…？」

「唔……我們也都老大不小了嘛，如果妳也不是獨身主義者的話，好像到了可以考慮一下將來的時候了。而且我也蠻贊成同居的說，倒也不是說要跟妳試婚什麼的啦……畢竟兩個人成長環境完全不一樣嘛，家裡一些規矩應該也差蠻多的，能先住一起的話，應該也能彼此適應一下。」

別這樣看我啦阿雪，身上都要給妳瞪出洞來了……征志搔了搔頭髮苦笑道：

「適應到兩人都覺得可以了，差不多就可以考慮結婚啦……」

阿雪低下了頭，輕輕地握住征志的手。

「希望能一起找到好房子。」

電車出發的廣播，正好疊上了她的答案，征志也回握住了阿雪的手。

後記

有川浩

——本班次為回送列車，各位乘客請勿上車

書既然上市了，我想大部分讀者也應該猜到了。沒錯，我家就在今津線沿線上，至少寫這篇後記時還住在這裡。

今津線是一條非常方便的線路，連結各大城市這點應該是它的最大魅力吧（真的就幾乎位於大阪與神戶的正中間）。不過對我來說，最希望與各位讀者分享的，反而是它與鄉下的連結，特別是沿線各站那恰到好處的鄉間環境。

先坐到JR寶塚站，再往三田篠山……要是用這種講法大概只有當地人才知道我在說什麼吧？簡單來說，就是換車往兵庫縣山區去。只要一坐上這個方向的列車，沿路上將有數不盡的大山小丘等著讓你探險。

由於我的膝蓋受過傷，所以沒法子享受登山的樂趣，不過兵庫縣名川—武庫川的沿岸，對我來說也是非常舒服的散步小道。

出門購物時，在回家的路上刻意挑些不認識的小巷子來走，也會有不少新發現。前幾天就在路上給我瞧見了野生的短腳鵪呢！若是季節對了，有時也會在路上摘個幾株馬齒菜給晚餐加菜（或許會有些朋友想問：萬一是沾過狗的小便怎麼辦？我的答案就是「仔細洗乾淨」。既然敢摘路邊的野草來吃，就該對自己的行為負起責任！）或許因為太過於隨手可得了吧，一般人不太把馬齒菜歸類成「山菜」。但是這種雜草用味噌跟醋拌過之後，味道還真的是不壞！

不過您要是沒辦法一眼就分辨出馬齒菜跟「斑地錦」、或是被拿來當花種的「馬齒牡丹」之間差別的話，建議您還是不要輕易以野草下飯。

每當到了魁蒿成長的時分，我也常掐些魁蒿嫩芽回家當天婦羅的材料。就算不炸來吃，拿來泡生茶喝也十分美味……

如果你想找個生活環境便利，但又不喜歡太過擁擠吵雜的地方，那今津線沿線地區絕對是你最好的選擇。特別是西北往寶塚方向過了一半左右的位置。

我想，我家就位在那個最剛好的點上。真的，這裡方便的生活機能與鄉間氣氛以近乎完美的狀態共存著。

而之所以動筆寫這本書，是因為我先生不經意地一句話，以及責任編輯無比的熱忱……

「以電車當成小說舞台應該會變有趣的吧？」

回頭一看，是先生在跟我說話。

「比方說啊……」

今天為了趕飛機而坐上了大清早第一班的電車，正好有一對情侶坐在我對面。也不知道是要去哪裡還是回哪裡……兩個人互握著雙手睡得好沉，男生還將自己的外套蓋在女生身上。

「……妳的工作，不就是將這類妄想具體化嗎？」

具體化的妄想？講這麼難聽！

不過轉念一想……「啊！若是把每站每站之間獨立的小故事串連起來，的確應該蠻好玩的。這樣的連載內容不多見吧？然後再安排一個剛剛好的終點站來告一段落，折返的份則併在單行本裡出版……這樣真的蠻有趣的耶（作者我可以玩得很開心）……若是把折返回程的量也考慮進去，今津線沿線車站的數量不是剛剛好嗎？」初步的構想雖然成型了，不過要在哪裡刊出卻還沒有決定。而正當我為這個問題傷腦筋時，接到了幻冬社大島加奈子小姐熱情的邀稿電話：「能不能讓敝公司的《papyrus》來做這個企劃呢？」既然幻冬社已經做好了萬全的準備，我也就順理成章地開始在《papyrus》上連載了。

這位大島小姐是第一次負責小說的編輯工作，在一起合作的這段日子裡，脫線的她不知道把我惹笑、或是惹毛了多少次。我就招了吧：剛開始合作那段期間，整天和年紀比我小又笨手笨腳的大島小姐打交道，讓我有一種正在玩真人版「美少女夢工廠」的錯覺！（年輕的讀者或許不知道我在說什麼，在這邊解釋一下：「美少女夢工廠」是一個養成遊戲，玩家要在遊戲中，將自己的女兒養育成一個完美的美少女公主）這件事我只跟我先生說過而已……在這邊除了向大島小姐自首之外，順便也為此跟她歹勢一下囉！

這位「美少女公主」本人現在過得怎麼樣呢？不可否認的，多多少少還是有些笨手笨腳，不過前幾天碰面時還是把我給嚇了一跳！和第一次見面時比起來，那個當時還很內向寡言的大小姐，現在已經渾身散發出一股「專業編輯」的氣質了！

不過脫線的老毛病，卻是怎麼樣都也改不掉。

「這次的後記，您可以寫上六頁也沒關係！」

——後記哪來那麼多東西好寫啦！

我一看到這段簡訊，當場就吐槽回去。

「當然當然，您並不需要真的把六頁寫滿就是了。」

謝謝妳這麼為我著想啊！我必須說，這就是大島小姐率直的一面。當我一看到她回給我的簡訊，我就決定一定要把「美少女夢工廠」這個梗給公開出來。身為這本書的責任編輯，非得看過這篇文章不可！

在連載期間她因為笨手笨腳的緣故，不知道被我飆過多少次。我想這個「美少女公主」大島加奈子，在遊戲中一定有一個專屬的「脫線度」量表吧！不過無論我再怎麼兇，她也從來不曾因此受打擊而消沉，想必「毅力度」也比一般人要高上一倍！

作品。

我由衷地期盼，各位讀者都能夠喜歡這一本我與這位「美少女公主」搭檔合作的作品。

順道一題，在往程方向的「甲東園」篇裡，小悅教男朋友燙襯衫那段，真的是我在今津線聽來的陌生乘客的故事。雖然經過稍稍整理，不過幾乎維持了95％以上的原汁原味！關西人搞笑起來真是猛，那時我忍到肚子都快抽筋了。相信當時周圍的乘客們一定都憋笑憋得很痛苦吧！

PLP0051

阪急電車

作　者—有川浩
譯　者—Asma
封面繪圖—徒花スクモ（Adabana Sukumo）
一版編輯—何曼瑄
二版編輯—黃煜智
行銷企劃—廖婉婷
編輯總監—蘇清霖
董事長—趙政岷
出版者—時報文化出版企業股份有限公司
108019台北市和平西路三段二四〇號一至七樓
發行專線—（〇二）二三〇六六八四二
讀者服務專線—〇八〇〇二三一七〇五
（〇二）二三〇四七一〇三
讀者服務傳真—（〇二）二三〇四六八五八
郵撥—一九三四四七二四時報文化出版公司
信箱—10899台北華江橋郵局第九十九信箱
時報悅讀網—http://www.readingtimes.com.tw
電子郵件信箱—ctliving@readingtimes.com.tw
思潮線臉書—https://www.facebook.com/trendage
法律顧問—理律法律事務所　陳長文律師、李念祖律師
印　刷—盈昌印刷有限公司
初版一刷—二〇一一年七月
二版一刷—二〇一七年九月
二版四刷—二〇二一年五月十七日
定　價—新台幣三〇〇元

時報文化出版公司成立於一九七五年，
並於一九九九年股票上櫃公開發行，於二〇〇八年脫離中時集團非屬旺中，
以「尊重智慧與創意的文化事業」為信念。

阪急電車 / 有川浩著 ; Asma 譯 . -- 二版 . -- 臺北市 : 時報文化 , 2017.09

面 ;　公分 .

ISBN 978-957-13-7075-0(平裝)

861.57　　　　106011739

ISBN 978-957-13-7075-0
Printed in Taiwan